少年读 封神演义 ①

[明] 许仲琳 原著
知书 编著
苏拾叁 绘

民主与建设出版社
·北京·

© 民主与建设出版社，2022

图书在版编目（CIP）数据

少年读封神演义.1/（明）许仲琳原著；知书编著；苏拾叁绘. --北京：民主与建设出版社，2022.9
ISBN 978-7-5139-3963-8

Ⅰ.①少… Ⅱ.①许… ②知… ③苏… Ⅲ.①章回小说－中国－明代 Ⅳ.①I242.4

中国版本图书馆CIP数据核字（2022）第168908号

少年读封神演义.1
SHAONIAN DU FENGSHEN YANYI 1

原　　著	［明］许仲琳
编　　著	知　书
绘　　者	苏拾叁
责任编辑	董　卉　金　弦
特约策划	徐芳宇
封面设计	阳蜜蜜
出版发行	民主与建设出版社有限责任公司
电　　话	（010）59417747　59419778
社　　址	北京市海淀区西三环中路10号望海楼E座7层
邮　　编	100142
印　　刷	大厂回族自治县德诚印务有限公司
版　　次	2022年9月第1版
印　　次	2023年1月第1次印刷
开　　本	880毫米×1230毫米　1/32
印　　张	5
字　　数	116千字
书　　号	ISBN 978-7-5139-3963-8
定　　价	128.00元（全3册）

注：如有印、装质量问题，请与出版社联系。

神话世系

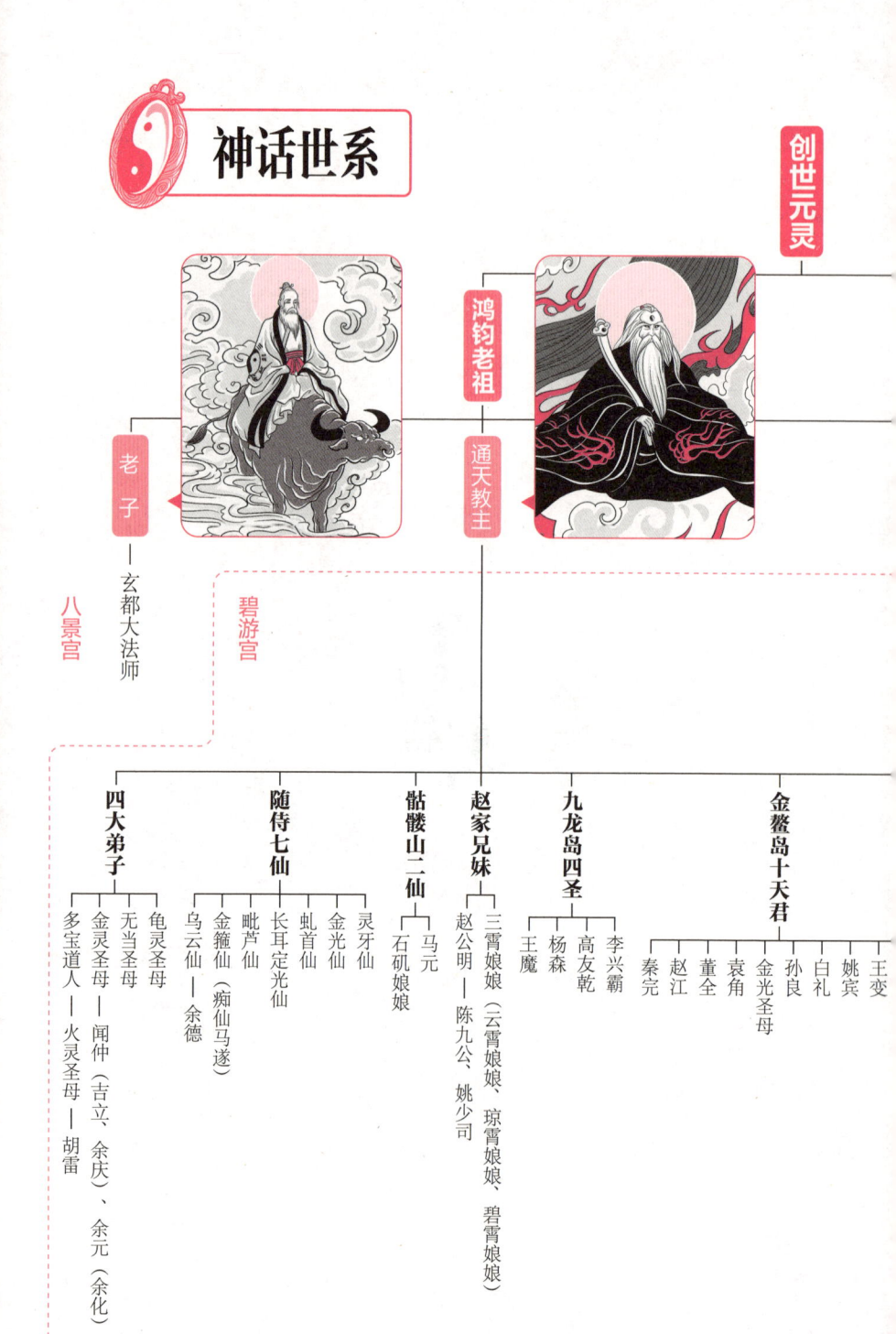

创世元灵

鸿钧老祖

通天教主

老子 ── 玄都大法师

八景宫

碧游宫

金鳌岛十天君
- 王变
- 姚宾
- 白礼
- 孙良
- 金光圣母
- 董全
- 袁角
- 赵江
- 秦完
- 李兴霸

九龙岛四圣
- 王魔
- 杨森
- 高友乾
- 李兴霸

赵家兄妹
- 三霄娘娘（云霄娘娘、琼霄娘娘、碧霄娘娘）
- 赵公明 ── 陈九公、姚少司

骷髅山二仙
- 马元
- 石矶娘娘

随侍七仙
- 灵牙仙
- 金光仙
- 毗芦仙
- 长耳定光仙
- 虬首仙
- 金箍仙（痴仙马遂）
- 乌云仙 ── 余德

四大弟子
- 龟灵圣母
- 无当圣母
- 金灵圣母 ── 闻仲（吉立、余庆）、余元（余化）
- 多宝道人 ── 火灵圣母 ── 胡雷

陆压道人

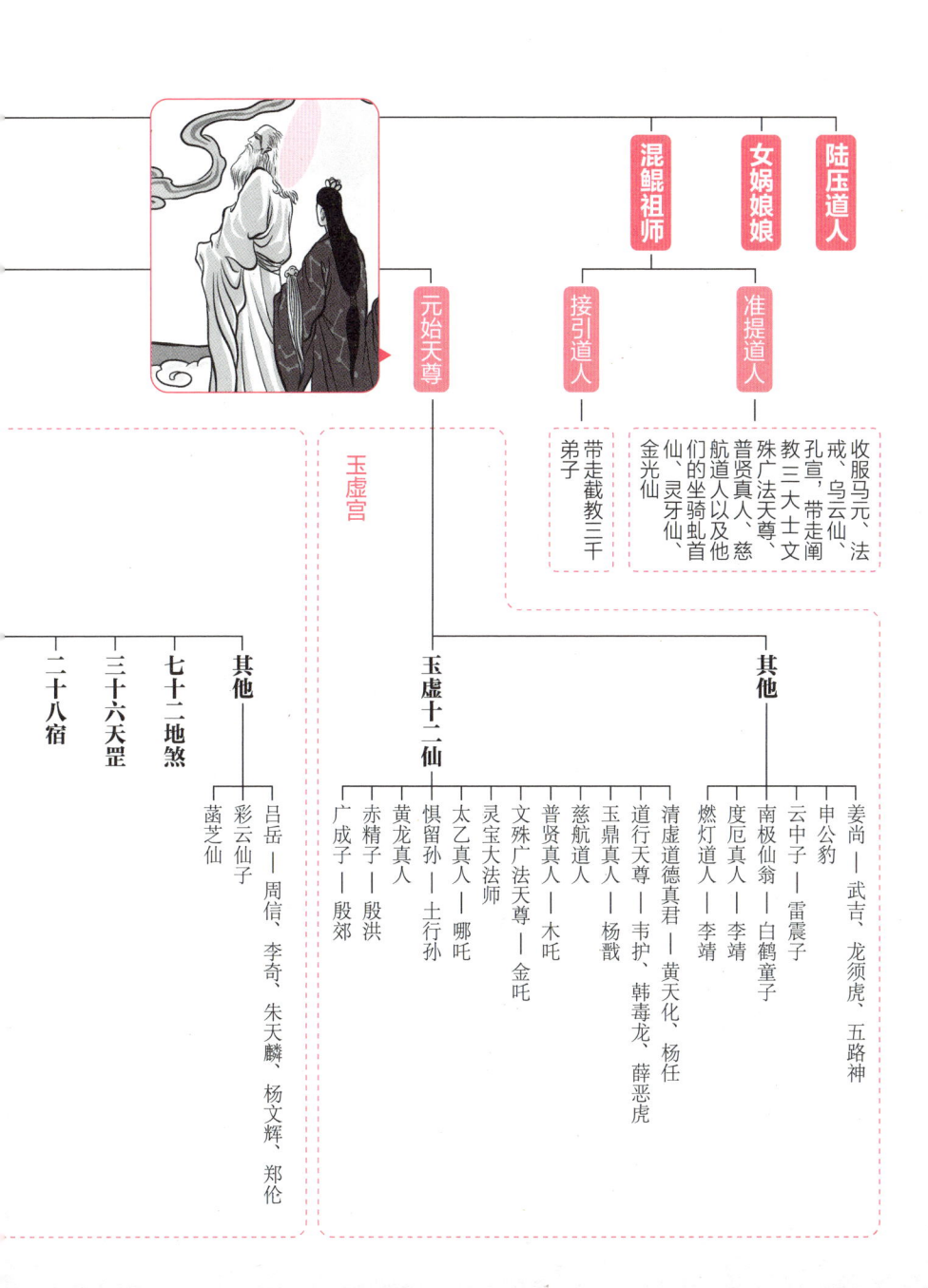

女娲娘娘
- 混鲲祖师
  - 接引道人：带走截教三千弟子
  - 准提道人：收殊广法天尊、慈航道人、普贤真人以及他们的坐骑虬首仙、灵牙仙、金光仙
- 收服马元、法戒、乌云仙、孔宣，带走阐教三大士文殊广法天尊、慈航道人、普贤真人以及他们的坐骑虬首仙、灵牙仙、金光仙

元始天尊（玉虚宫）

玉虚十二仙
- 广成子 — 殷郊
- 赤精子 — 殷洪
- 黄龙真人
- 惧留孙 — 土行孙
- 太乙真人 — 哪吒
- 灵宝大法师
- 文殊广法天尊 — 金吒
- 普贤真人 — 木吒
- 慈航道人
- 玉鼎真人 — 杨戬
- 道行天尊 — 韦护、韩毒龙、薛恶虎
- 清虚道德真君 — 黄天化、杨任

其他
- 燃灯道人
- 度厄真人 — 李靖
- 南极仙翁 — 白鹤童子
- 云中子 — 雷震子
- 申公豹
- 姜尚 — 武吉、龙须虎、五路神

其他
- 七十二地煞
  - 吕岳 — 周信、李奇、朱天麟、杨文辉、郑伦
  - 彩云仙子
  - 菡芝仙
- 三十六天罡
- 二十八宿

前 言

《封神演义》是明代许仲琳创作的一本神魔小说，是东方世界的一部奇幻巨著。书中有很多家喻户晓的人物和故事，如"哪吒闹海""西伯侯姬昌吐子""姜太公钓鱼""黄飞虎反五关"等，它们代代相传，成为中国神话体系的重要组成部分。《封神演义》将人间的武王伐纣与天上的神魔大战结合起来，最终双双分出胜负，重新确定了仙、神、人三界的次序，可以说带来了一场改天换地的大革命。作为一部讲述诸神来源的通俗小说，《封神演义》自古以来就受到了人们的热烈追捧。

《封神演义》的最大特点在于"奇"，包括奇异的人物、奇特的法术法宝以及脑洞大开的神奇故事。这是一个用想象构建出来的世界，故事里的杨戬有三只眼，会七十二变；狐狸修炼千年，能自由变化成人的模样；石头也能修炼成仙；雷震子吃了两颗杏，竟然就长出了翅膀；土行孙身材矮小但是能钻地；高明、高觉能目视耳听千里之内，被称为千里眼和顺风耳；哪吒不仅是莲花化身，还能变化出三头八臂；十绝阵、九曲黄河阵、诛仙阵、万仙阵，各个阵法都威力无穷；山河社稷图就像一个平时时空，人一旦进入，就会再难逃脱；准提道人的七宝妙树和老子的扁拐，看上去平平无奇，却是法力无边的上古神器……

本套《少年读封神演义》立足于原著，按照"纣王施暴政，妖孽霍乱朝堂；文王归周，三十六路人马攻打西岐；姜子牙东征，神魔大战一触即发"三个阶段进行编排，分为上、中、下三册。编者在改编时重点抓住故事的趣味内核，对原著中一些血腥暴力、封建迷信、宿命论等内容，进行了适当的删减与改写，使之更加适合少年儿童阅读。

编者还邀请知名神怪类插画大师绘制了近百幅插图。原本只存在于想象中的神魔大战和各路神仙、精怪，现在一一出现在纸上，给孩子们带来阅读文字都满足不了的惊喜。同时，本套书围绕故事内容，精心设计了思维导图，让孩子们在阅读时更能一目了然，自主掌握阅读的进程，在脑海中搭建起自己的内容架构。

希望每一个阅读本套丛书的孩子，都能收获想象的快乐，获得勇敢坚强、坚持正义的正面能量。

目录

一 祸起女娲宫 ... 001
二 苏护反商 ... 006
三 姬昌解围 ... 011
四 云中子献剑 ... 018
五 纣王造炮烙 ... 021
六 姜王后遇害 ... 024
七 方弼方相反纣 ... 027
八 商容之死 ... 031
九 姬昌收雷震子 ... 035
十 姬昌被困 ... 040
十一 哪吒出世 ... 045
十二 痛打老龙王 ... 051
十三 太乙真人收石矶 ... 055
十四 哪吒重生 ... 061
十五 姜子牙下山 ... 067
十六 火烧琵琶精 ... 072

十七	纣王滥杀无辜	077
十八	姜子牙出朝歌	080
十九	伯邑考遇害	085
二十	释放姬昌	089
二十一	雷震子救父	093
二十二	文王回西岐	097
二十三	文王梦飞熊	101
二十四	文王聘子牙	105
二十五	群妖赴宴	110
二十六	比干剖心	116
二十七	闻太师回朝歌	120
二十八	讨伐崇侯虎	125
二十九	文王托孤	128
三十	激反武成王	131
三十一	闻太师追击	135
三十二	黄天化救父	139
三十三	大战汜水关	144
三十四	黄飞虎降周	147

祸起女娲宫 一

自盘古①开天辟地后,中间历经三皇五帝②,接着便进入中国第一个王朝——夏朝③。夏朝的末代帝王桀④因为荒淫无度,引起其他部落的不满和反抗,最终,东方的一个商族部落推翻夏朝,建立了商朝。因为商朝在盘庚⑤时迁都到殷,所以商朝又被称为殷商。

殷商的最后一个帝王被称作纣王⑥,名叫帝辛。帝辛是帝乙的第三个儿子,高大俊美,文武双全,深得父亲的喜爱。有一次,帝乙在御园游玩,腾云阁的一根房梁突然倒下,眼看就要砸到帝乙,在这千钧一发的时刻,力大无穷的帝辛挺身而出,单手托住房梁,救了父亲的性命。由于帝辛救驾有功,帝乙决定立他为王

---

① 盘古:中国神话传说中开天辟地的神。
② 三皇五帝:后人对远古时期部落领袖的简称。史学家对"三皇五帝"历来都有不同的说法。其中三皇有八种解释,以燧人、伏羲和神农的解释最受认同;五帝有六种解释,一般以《史记》所记载的黄帝、颛顼、帝喾、唐尧、虞舜五个人为准。
③ 夏朝:由大禹的儿子启开创的世袭制王朝,一般被认为是中国历史上的第一个王朝。
④ 桀:夏朝第17代君主发之子,在位52年,历史上著名的暴君。
⑤ 盘庚:商代第20位国王,在位时很有作为,为了改变不安定的局面,把都城从亳搬迁到殷。
⑥ 纣王:商朝末代君主,名帝辛。

位继承人。

帝乙驾崩后，帝辛成为天子，也就是纣王，定朝歌为行都。纣王手下人才济济，文有太师闻仲，武有镇国武成王黄飞虎，以东南西北四大诸侯为首的八百镇诸侯都听命于殷商，国家兴旺发达，百姓安居乐业。

纣王七年的一天，群臣如往常一样参加朝会，首相商容出班进言："大王，明天三月十五日，是女娲娘娘的诞辰，请大王前往女娲宫上香。"

纣王漫不经心地问："女娲是什么人，要我亲自去上香？"

商容回答："女娲娘娘是上古女神。当年水神共工氏①与火神祝融氏②为争夺天下大打出手，共工氏一怒之下头撞天柱不周山。天柱被撞倒后，天塌地陷。因为天空向西北方向倾倒，日月星辰就东升西落；因为大地向东南塌陷，大江大河的水就自西向东流入大海。当时天上露出很多大窟窿，地面也裂出一条条的裂缝，漫山遍野都是熊熊大火，滔滔洪水从地下涌出，凶猛野兽四散奔逃，人间成为地狱。女娲娘娘看到自己创造的人类受到这样的苦难，心里十分难过。为了让人类再次过上安定的生活，女娲娘娘就堆起巨石为火炉，取五色土为材料，用了九天九夜，炼出五色巨石。之后女娲娘娘又用了九天九夜，用五彩石将天补好，并斩断神鳌的四只脚来代替天柱，人间才重新恢复以往的平静。人们为了感谢女娲娘娘，就建起女娲宫纪念她。"

---

① 共工氏：中国上古传说中人物。据说是他发明了筑堤蓄水的办法，为农业做出了巨大的贡献。因为关于他的故事都和水有关，所以被尊为水神。
② 祝融氏：传说中的上古帝王，号赤帝，因为教人使用火为工具，所以被后人尊为火神。

纣王听了商容的话，就听从了他的建议。

第二天，纣王乘坐车辇，率领两班文武大臣浩浩荡荡地来到女娲宫。纣王焚香完毕，正在参观女娲宫时，一阵狂风吹过，女娲的圣像显露出来。纣王看到女娲圣像容貌端丽，天姿国色，头脑一热，就在女娲宫的墙壁上写了一首诗来表达自己对女娲的爱恋。只见墙上写道：

凤鸾宝帐景非常，尽是泥金巧样妆。

曲曲远山飞翠色，翩翩舞袖映霞裳。

梨花带雨争娇艳，芍药笼烟骋媚妆。

但得妖娆能举动，取回长乐侍君王。

首相商容看到纣王的诗，立即对纣王说："大王，女娲娘娘是上古正神，护佑朝歌之主。大王所写诗句毫无敬意，实在是亵渎神明。请大王下令把诗句擦去，否则老百姓见了也会认为大王品德不够高尚。"

纣王却说道："我是看女娲娘娘容颜貌美，国色天香，这才作诗称赞她的。"说完，就带领百官班师回朝。

等女娲娘娘从火云洞朝贺三圣[①]返回，看到了宫殿墙壁上纣王留下的诗句，不禁容颜大怒，大声呵斥道："纣王这个无道昏君，不去保天下苍生太平，却在这里侮辱我，实在可恶。想我护佑成汤伐桀称王天下，已有六百年，如今看来，殷商气数已尽，到了要改朝换代的时候了。"

女娲让彩云童子从宫中取来金葫芦，打开葫芦盖，用手一指，一道白光顿时从葫芦里射出。在白光之上，悬立着一面五色的"招

[①] 三圣：火云洞三圣皇，分别是天皇伏羲、地皇神农与人皇轩辕。

祸起女娲宫

妖幡"。在招妖幡的召唤下，天下的妖怪都闻风来到女娲宫里。宫殿里阴风习习，惨雾阵阵。女娲吩咐彩云童子："只留下轩辕坟里的三个妖怪，其他的都让他们回去吧。"

这轩辕坟里的三个妖怪分别是千年狐狸精、九头雉鸡精和玉石琵琶精。三妖来到女娲近前行礼。女娲对三妖说："你们三个听好了，殷商气数已尽，我现在命令你们到纣王身边去，惑乱君心，搅乱殷商的天下，但不可残害生灵。事成之后，我可以让你们修成正果。"

三妖叩头谢恩，化成一阵清风，消失在女娲宫。

而纣王回到宫后，因贪念女娲美貌，日日茶不思饭不想，郁郁寡欢。当时闻太师常年领军在外平叛，不在朝中，纣王对身边费仲和尤浑两个人特别宠信。费仲和尤浑都是不学无术、只会溜须拍马的小人，他们看出纣王的心事，就建议纣王让四大诸侯下面的八百镇诸侯进献美女。两个人的坏主意正对纣王的胃口，纣王决定第二天早朝时颁布一道命令。

女娲

又称娲皇、大地之母。相传女娲一日之中有七十种变化，她不仅以黄泥仿照自己抟土造人，还神通广大创造万物，并为人类建立起婚姻制度。后来世间天塌地陷，女娲又熔彩石以补苍天，斩鳌足以立四极。她是民间广泛崇拜的创世神和始母神。

苏护反商

第二天早朝，纣王的话刚说完，首相商容就站出来反对，他对纣王说："大王，您现在已经有了众多的后宫佳丽，如果再大张旗鼓地选美女，只怕会让百姓反感。现在水旱灾害频发，北海叛乱又未平定，大王应该多多积攒德行，爱护民众，厉行节俭，以使天下人心服。"

纣王想了很久，才勉强同意停止选秀。

到了纣王八年四月，四大诸侯率领八百镇诸侯来到朝歌朝觐纣王。所谓四大诸侯，分别是东伯侯姜桓楚，南伯侯鄂崇禹，西伯侯姬昌，北伯侯崇侯虎。

由于闻仲不在朝歌，朝政都由费仲和尤浑把持。诸侯们为了自己的利益，纷纷用重礼贿赂费、尤二人。一天，两个奸臣在查看天下诸侯送礼清单时，发现只有冀州侯苏护没有送礼，心中大感不快，当下对苏护怀恨在心，寻思日后定要找个机会报复。

纣王接见完四大诸侯，命首相商容、亚相比干在显庆殿设宴款待。等纣王退朝回到偏殿，费仲偷偷地对纣王说："大王，我听说苏护有个女儿叫妲己，容貌倾国倾城。大王不如将妲己选入宫中，这样既不必大动干戈选秀，惊扰天下百姓，又能满足大王心意。"纣王听了十分高兴，马上让人去把苏护找来。

纣王看到苏护，笑呵呵地说："我听说你有一个女儿，举止端庄，品德出众。我打算选她入宫做我的妃子。这样你就成了皇亲国戚，将享受数不尽的荣华富贵。你看怎么样？"

苏护听了，严肃地说："大王的后宫已经有数千妃嫔，难道还不足够？希望大王不要误信奸人，正心修身，做一个仁德的国君。"

纣王大笑着说："你说这番话真是太不识时务了。很多大臣争抢着将女儿送进我宫中为妃，以求一朝显贵。我现在主动让你做我的国丈，这是莫大的荣耀，你不要执迷不悟。"

苏护高声说："大王，我女儿既不漂亮，也不贤惠，恕我不能同意。想当年夏桀就是因为沉迷于酒色才失去了天下，大王现在的做法和他几乎没有什么区别。"

纣王勃然大怒："哼，你竟敢把我和亡国之君相提并论，简直是大逆不道！自古君让臣死，臣就不得不死，更别说只是让你献出一个女儿。"说完，纣王命令左右侍从："将苏护给我拿下，推出午门斩首示众！"

这时，费仲和尤浑上前劝解说："大王，您如果因为苏护不肯献出女儿杀了他，天下百姓一定会认为您是个好色的昏君。不如先把苏护放回冀州，让他冷静一段时间。等他认识到自己的错误，到时候自然会把女儿送入宫中。这样，百姓也会认为大王是个宽宏大量的明君。实在是一举两得啊！"

纣王想了想，便听从他们二人的意见，下令释放苏护。

苏护回到驿亭，手下家将们立即围上来打听主人进宫的情况。苏护把事情的前前后后说了一番，当场大骂纣王昏庸无道，一味听信费仲、尤浑两个小人的怂恿。众家将听了都十分愤怒，一致提议反出朝歌，回冀州固守城池与朝廷相抗。苏护盛怒之下不仅

苏护反商

答应了,离开朝歌前,还在午门城墙上写了一首造反的诗:

君坏臣纲,有败五常①。冀州苏护,永不朝商。

纣王被苏护顶撞,正闷闷不乐,没想到午门守将来报,苏护在城墙写了一首反诗,张扬而去。纣王勃然大怒,派四大诸侯中的西伯侯姬昌②和北伯侯崇侯虎率兵去冀州讨伐苏护。

姬昌为人仁义,他知道苏护是个忠心爱国的人,绝不会无缘无故造反,于是请求首相商容和亚相比干③明日早朝之时再探听详情。崇侯虎却不以为意,催促着姬昌赶快出发。姬昌不想引发战乱,祸及百姓,但王命不可抗,只好让崇侯虎先出发,自己回西岐④观望情况。

崇侯虎带着五万兵马来到冀州。这时,苏护已经做好了战斗准备。因为崇侯虎一向名声不好,所以苏护也不打算和对方交谈,直接派兵迎战。

苏护的儿子苏全忠武艺高强,两名副将赵丙和陈季贞也都十分勇猛。三人率领冀州的士兵把崇侯虎的军队打得落花流水。

旗开得胜的苏护担心崇侯虎搬救兵复仇,下令当天半夜偷袭崇侯虎的军营。夜半时分,随着一声惊天动地的炮声,冀州军向崇侯虎的军队发起猛攻。崇侯虎万万没有想到苏护会在夜里偷袭自己,因此手忙脚乱。崇侯虎在慌乱之中提起自己的大刀和苏护打起来。由于没有心理准备,仓皇应战,崇侯虎逐渐败落下风,

---

① 五常:仁、义、礼、智、信,是古人认为一个人应该拥有的五种最基本的品格和德行。
② 姬昌:周武王的父亲,武王建立周朝后,追封文王。相传是《周易》的作者。
③ 比干:中国古代著名忠臣,纣王的叔父,后来被纣王残杀。
④ 西岐:周王朝的发祥地,在现在陕西省。

在儿子崇应彪的保护下才杀出一条血路逃脱。

崇侯虎父子在黑夜的掩护下狂奔了二十多里，见后面没有了追兵，这才松下一口气。可他们刚镇定下来，突然从黑暗中又杀出一支兵马，领兵的正是苏全忠。崇侯虎父子早已经没有了体力，只能勉力抵抗。这时大将黄元济和孙子羽赶来相助，众人混战一处。苏全忠面无惧色，越战越勇，一枪刺杀孙子羽。崇侯虎父子也被苏全忠的金枪刺伤，落荒而逃。

崇侯虎父子带伤奔逃一夜，突然听到前面有大队人马正朝他们赶来，吓得大惊失色。崇侯虎心想，自己这次算是跑不了了。

苏护

封神榜上的东斗星官，四大星君之一。曾被纣王封为冀州侯，是苏全忠与苏妲己的父亲。因为不满商纣王的暴虐无道，起兵造反。后来，在与武王一起反商伐纣的战斗中被余兆用杏黄幡偷袭杀死，死后魂归封神台。

姬昌解围 （三）

崇侯虎仔细辨认对方的领军将领，只见此人面色黝黑，两道白眉，身披大红袍，手里握着两把金斧，骑着一头火眼金睛兽，原来是自己的亲弟弟崇黑虎。看到了援兵，崇侯虎才长舒了一口气。

这个崇黑虎是个懂法术的人，苏护听说他来到冀州，心里一下子没了底。苏全忠对于崇黑虎很不以为意，意气风发地对父亲说："兵来将挡，水来土掩。父亲不必担忧。"苏护提醒儿子不要轻敌，可年轻气盛的苏全忠根本听不进去，说着就披挂上阵，出城挑战崇黑虎。

崇黑虎听到苏全忠在军营外叫阵，就全副武装，坐上火眼金睛兽出来迎敌。苏全忠之前听父亲称赞崇黑虎骁勇，并不服气，如今见到真人，大声喊道："崇黑虎，我劝你早点投降退军，不然我打得你落荒而逃。"崇黑虎听到对方大放厥词，雷霆大怒，举起双斧就砍过来。

两人在冀州城下打得难解难分。苏全忠是年轻人，体力比崇黑虎好很多，时间一长，逐渐占据上风。打着打着，大汗淋漓的崇黑虎突然打开了身后一个红葫芦的盖子，嘴里还念念有词。只见一道黑烟从葫芦里冒出来，并且渐渐扩散，好像一张大网，把天空遮住了。定睛一看，黑色的大网竟然是无数的铁嘴神鹰组成的，全都向苏全忠飞过来。

苏全忠虽然骁勇善战，但都限于力量和武艺的比拼，这是他第一次遭遇会法术的人，一下子慌了手脚。苏全忠的战马被神鹰啄伤了眼睛，把苏全忠摔到地上。崇黑虎一声令下，手下的士兵立即把苏全忠捆绑起来押回大营。

崇侯虎听说苏全忠被擒获，十分高兴，命人把他押到自己面前。苏全忠一看到崇侯虎就破口大骂，坚决不向崇侯虎投降。崇侯虎很生气，下令把苏全忠斩首。刽子手刚要行刑，崇黑虎急忙上前阻拦。他说："大哥请息怒，苏护父子是朝廷重犯，理应押回朝歌让大王审理。再说大王最初的目的是得到苏护的女儿，你如果杀了苏全忠，没准还会被大王怪罪。依我看，不如先把苏全忠关起来，等抓了苏护，把他们父子一同押回朝歌等候大王处理。"

原来这崇黑虎一向钦佩苏护为人，他此次前来，表面上看是为了帮助兄长，实际上是为了劝说苏护，保全苏护父子的性命。崇侯虎哪里知道崇黑虎的打算，就同意了弟弟的意见，下令把苏全忠关押起来。

苏护听说儿子被擒，心里十分难过，认为这一切都是女儿妲己造成的，就提着宝剑走进后厅，打算先杀死妻子和女儿，最后再自尽。

妲己见父亲进屋，笑吟吟地问："爹爹为什么拿着宝剑进来？"苏护尽管生气，但妲己毕竟是自己的亲生骨肉，心一软，老泪纵横地说："冤家啊，就因为生了你一个，却要断送我们苏家一门啊！"就在苏护不知所措时，侍卫前来禀报说崇黑虎在城下叫阵。苏护不知道崇黑虎是为了帮助自己而来，他只知道自己根本不是崇黑虎的对手，就没有出战，而是下令加强防守。

正当苏护一筹莫展,准备坐以待毙的时候,督粮官郑伦回来了。郑伦一看到苏护,就急忙问道:"末将听说将军赋诗反商,北伯侯奉旨前来征讨将军。末将心里担忧,就马不停蹄地赶了回来。不知道现在战况怎么样?"

苏护摇着头,有气无力地回答道:"纣王无道,非要我把妲己送入宫中。我当面指责纣王荒淫无度,他原本打算杀了我,后来费仲和尤浑二人希望我能主动献出妲己,就劝纣王放了我。当时我头脑一热,在墙上题写了反商的诗句。纣王一气之下,派崇侯虎来讨伐我们。崇侯虎的弟弟崇黑虎因为会法术,把我儿子全忠捉去了。我打算杀了妻女,再自行了断。你可以和其他将领投靠别人,我绝对不会阻拦。"

郑伦听了,大叫着说:"将军您是不是喝醉了?还是变傻了?为什么要说这么没有骨气的话?别说是崇侯虎,就是四大诸侯率领八百镇诸侯一起来攻城,末将也不会把他们放在眼里。"

苏护听了以为郑伦在胡言乱语,就让他别说大话。郑伦拔出宝剑,对苏护说:"将军,如果末将不能活捉崇黑虎,将割下项上人头。"说完,不等苏护下令,就拿着两柄降魔杵,骑上火眼金睛兽,带领三千乌鸦兵向崇黑虎发起挑战。

崇黑虎不认识郑伦,高声问道:"你是什么人?"

郑伦回答:"我是冀州苏侯手下的督粮官郑伦,你就是崇黑虎吧?快快把我家公子放了,自己乖乖投降,否则别怪我不客气!"

崇黑虎骂道:"大胆匹夫,竟然在这里口出狂言。苏护辱骂天子,已经是大逆不道,罪该万死。你这个逆贼,快快受死!"说完,就朝着对方冲杀过去。

郑伦看崇黑虎背着一个红葫芦,知道对方是个会法术的人,决定先下手为强。原来郑伦曾经拜西昆仑度厄真人为师,学到了吸人魂魄的法术。只见他紧闭嘴唇,从鼻孔中哼出两道白光,发出的声音比钟声还要响亮。这两道白光可不得了,能够吸人的魂魄。崇黑虎只觉得头晕目眩,一下子从火眼金睛兽上摔下来。等到他醒过来时,发现自己已经被冀州的士兵捉住了。

士兵们把崇黑虎带到苏护面前,苏护让所有人都退下,解开捆绑崇黑虎的绳子,对他说:"我是朝廷重犯,现在手下人又冒犯了将军,实在惭愧。"崇黑虎本就是来帮助苏护的,急忙解释说:"小弟这次是为了帮助仁兄解围而来,令郎如今在我那里安然无恙,仁兄可以放心。"

而另一边,崇侯虎听说弟弟被俘,心里很恼火。正在这时,姬昌的大臣散宜生来到营地拜见。崇侯虎质问散宜生:"大夫,天子要求西伯侯和我一同征讨苏护,现在他按兵不动是什么意思?"

散宜生彬彬有礼地回答:"我家主公已经写好了一封给苏护的信,劝他献出爱女,平息叛乱。如果他不同意,我家主公一定会派兵剿灭苏护。"

崇侯虎认为散宜生只是在敷衍自己,就嘲讽道:"哼,我和苏护交锋多次,他都没有投降的意思,我倒要看看西伯侯是怎么劝服苏护的。"

散宜生来到冀州城下,向苏护说明了来意。姬昌一向声望颇高,深受人民爱戴,因此苏护立即命人打开城门,迎进散宜生。苏护收到了姬昌的信,姬昌在信里劝他要为冀州百姓的安危着想,应当舍弃小节而保全大义。苏护思考了很久,最终在散宜生和崇黑虎的劝说下答应罢兵休战。

崇黑虎见苏护同意归降,就辞别苏护,回到军营。崇黑虎见

姬昌解围

到哥哥，厉声批评他："哥哥，你平时不做顺应民意的事，总和奸佞小人混在一起，因此你的五万精兵还抵不上西伯侯的一封信。现在苏护已经同意献出女儿，你却损兵折将，惭愧不惭愧呀？你我兄弟从此一别，再不相见。"说完，崇黑虎命令士兵释放苏全忠，自己则领兵返回领地曹州去了。

苏护把自己的打算说给夫人听，夫人一听要把爱女献给纣王，放声大哭。苏护再三安慰，夫人没有办法，只得勉强同意。

第二天，苏护带着三千人马、五百名家将，护送妲己去朝歌。一行人在路过恩州时，当地的驿丞对苏护说："老爷，这里三年前出了一个妖精，从那以后，过往的老爷们都不敢住在驿站里。希望您把贵人安置在营帐里将就一夜吧。"

苏护是个不信鬼神的人，生气地说："天子的贵人，怎么还能害怕妖魔鬼怪？你赶紧命人打扫驿站让贵人安歇。"驿丞不敢顶撞，只好收拾了一间最好的房间让妲己入住。

苏护尽管没有听信驿丞的话，但心里还是不放心，半夜时提着自己的豹尾鞭察看了一圈，没有发现什么异常。三更时分，突然刮起一阵怪风，把所有的灯都吹灭了。没过多久，风停了，灯又全部自己亮了起来。苏护被刚才的怪风吹得毛骨悚然，正在惊疑的时候，忽然听到后厅的侍女大喊："有妖精！"苏护急忙冲到后厅，询问妲己的安危。

妲己不慌不忙地回答："孩儿被侍女们的喊叫声惊醒，并没有看到什么妖精啊！"苏护见女儿没事放下心来。苏护哪里知道，这个妲己早已经不是自己的女儿，而是那个被女娲召唤出来的千年狐狸精。她趁着熄灯之际，吸取了妲己的魂魄，自己则变成了妲己的模样。

苏护来到朝歌，还是没有向费仲和尤浑献礼。两个奸臣一合计，就鼓动纣王处死苏护。纣王点头同意，打算第二天上朝时除掉苏护。

第二天，苏护向纣王请罪。纣王受到两个奸臣的鼓动，根本不听苏护的解释，命令手下把苏护推出去斩首。在这关键时刻，首相商容及时站出来阻止。就在纣王犹豫不决时，费仲提议："大王不如先令妲己朝见，如果大王见了满意，不妨赦免了苏护，如果不满意，就把他们父女一块斩首。"纣王欣然同意。

这妲己本来就长得非常美丽，再加上千年狐狸精擅长诱惑男人，纣王立即就被她迷惑住，高高兴兴地赦免了苏护。

郑伦

封神榜上的哼哈二将之一——哼将。冀州侯苏护的督粮官，曾拜西昆仑度厄真人为师，与李靖是同门师兄弟。他的兵器是两柄降魔杵，以火眼金睛兽为坐骑，座下有三千乌鸦兵。他习得鼻烟神通，只要将鼻一哼，就响如钟声，并喷出两道白光，专吸人魂魄。

崇黑虎

封神榜上的南岳衡山司天昭圣大帝。殷商北方侯崇侯虎的弟弟，自幼随截教仙人修炼，以一对短斧为兵器，有一件叫作铁嘴神鹰的法宝，战斗时由红葫芦放出；坐骑是火眼金睛兽，率领三千飞虎兵。他助武王伐纣，立下不少战功，后来在渑池之战中被杀。

云中子献剑 (四)

纣王自从有了妲己，就整日寻欢作乐，不理朝政。

在终南山[①]有一个叫云中子的仙人。一天，他正准备前往虎儿崖采药，忽然望见东南方有一道妖气直冲云霄。云中子自言自语道："这妖精是只千年狐狸精，现在化为人形潜伏在朝歌城中，如果不早点除掉，以后一定会成为大患。"说完，他连忙叫金霞童子取来老枯松树枝，削成一把木剑，然后驾着祥云来到朝歌。

纣王早朝时听说来了一个道人要见自己，为了显示自己的仁德，就让人召云中子入宫。

云中子左手携着花篮，右手拿着拂尘，见到纣王也只是简单地行了个礼。平日里受到大臣朝拜的纣王心里很不高兴，没好气地问："你从什么地方来的？"

云中子回答："我从云水来。"

纣王问："什么是云水呢？"

云中子回答："心灵像天上的白云一样自由自在，思想像地上的流水一样无拘无束。"

[①] 终南山：又名太乙山，是秦岭山脉的一段，主峰在西安市，自古就有"仙都"和"天下第一福地"的美称。相传尹喜就是在这里抬头观察天象，发现紫气东来并让老子留下了《道德经》。

纣王是个极聪明的人，马上又问："如果白云散开，流水干涸了，你又怎么办呢？"

云中子说："云散开月亮就出来了，水干涸明珠就会显现。"

纣王见对方谈吐非凡，转怒为喜，命侍从给云中子赐座。这时，云中子才说明来意："大王，贫道是终南山玉柱洞的云中子。只因为在山中采药时，发现朝歌妖气弥漫，所以才来到这里铲除妖孽。"

纣王不以为然地笑了笑，说："我这王宫戒备森严，又不是荒郊野岭，哪里来的妖孽？先生一定是弄错了。"

千年狐妖妲己

苏妲己

商朝冀州侯苏护的女儿，苏全忠的妹妹，因为容貌倾国倾城被纣王看中，选入后宫。在前往朝歌的路上被九尾狐狸精摄去魂魄而死，从此九尾狐狸精附在她的肉身上迷惑纣王。

云中子说："大王如果知道妖孽是谁，妖孽也就不敢来了。"

纣王问："好吧，那我该怎么镇住这个妖孽呢？"

云中子拿出事先削好的木剑，对纣王说："大王，您只需把这柄木剑挂在分宫楼，三天之内，妖孽自然就会现出原形。"

纣王叫来侍从，吩咐将木剑悬挂在分宫楼上，又转头对云中子说："先生道术高深，不如留下来保护我，享受人间富贵，不好过在山间隐姓埋名吗？"

云中子却说："我向来逍遥自在惯了，不爱慕功名禄位，不贪求锦衣玉食，乐得做一闲散之仙。"于是谢绝纣王，站起身来飘然而去。

纣王退朝后来到妲己的寿仙宫，见妲己没有像往常那样出来迎接自己，忙问侍从官："苏美人怎么不出来迎接我呢？"侍从官："苏娘娘得了急病，现在正卧床不起。"纣王一听，急忙来到妲己的床前，看到她面色苍白，气息微弱。

原来云中子的木剑威力很大，千年狐狸精已经抵挡不住。纣王哪里知道眼前的美女就是妖精，关切地问："美人，早晨我上朝前你还十分健康，怎么这不到一天的时间，就变成现在这副模样？"

妲己当然不能说自己是妖精，就编了一个谎话："大王，臣妾在迎接您时抬头看到一把宝剑悬在宫殿上，不禁吓出一身冷汗。臣妾命苦，不能继续服侍大王了。"说完，就泪如雨下。纣王看到妲己这个样子，含着眼泪自责道："这都怪我误信了那个臭道士的话，才把木剑悬起来。没想到那道士的妖术竟然害了美人！"纣王立刻让侍从摘下木剑，点火烧毁。

云中子

终南山玉柱洞的福德之仙，雷震子的师父。他在山中种了仙杏，雷震子吃下后，背上就生出了风雷双翅。云中子还送给雷震子一根黄金棍，教给他棍法功夫。后来，他派雷震子下山去临潼关帮助他的父亲姬昌。

纣王造炮烙 五

纣王焚烧了云中子的木剑后,妲己的妖气立刻得到了恢复,纣王大喜。

云中子这个时候并没有回终南山,而是留在朝歌暗自观察。他看到原本已经黯淡的妖气再次升起,知道自己的木剑已经被毁。云中子长叹了一口气,见纣王执迷不悟,就没有再想办法除妖。他在回终南山前,在司天台[①]杜太师家的照墙上留下了一首诗。

妖氛秽乱宫庭,圣德播扬西土。要知血染朝歌,戊午岁中甲子。

杜太师名叫杜元铣(xiǎn),这天下早朝回到家,他发现很多人围在自己府前议论不休,就走上前看个究竟。杜元铣看见墙上的诗,虽然一时没有理解,但知道里面一定藏有玄机,就抄了下来,再立刻让家丁把墙上的字洗掉。

原来杜元铣在观测天象时,就发现王宫中有妖气存在。在听说云中子的事情后,更加确信了自己的判断。他猜出这首诗可能是云中子留给自己的。于是,杜元铣当晚就写了一封奏章,呈报宫中有妖,需要及早清除。

第二天,纣王看了杜元铣的奏章,竟然转头和妲己商量该怎么处理这事。妲己有了之前的教训,于是在纣王耳边说了杜元铣

[①] 司天台:古代观测天象,制定历法的机构。类似于现在的国家天文台。

的很多坏话。纣王听信了妲己的谗言,打算把杜元铣斩首示众。首相商容得知,连忙为杜元铣求情,可纣王丝毫不体谅臣下的一片忠心,还命侍从们将商容赶出宫去。

就在即将行刑时,大夫梅伯直接闯入王宫内庭进谏。为了劝纣王回心转意,他和纣王辩论起来。纣王遭到梅伯的反对,心里非常气愤,就要处死他。但梅伯是殷商贵族出身,又是老臣,纣王为了避免事态扩大,就下令免除梅伯的一切官职。梅伯丝毫没有屈服,指责纣王听信妲己的谗言,整日饮酒作乐,不理朝政。纣王一怒之下,决定对梅伯处以金瓜击顶的刑罚。

这时,妲己把嘴贴到纣王耳边,轻声说:"大王,臣妾认为梅伯竟敢公然侮辱您,是大大的不敬。就这么杀了他,实在是太便宜了他。像他这样侮辱大王的臣子,您应该采用更重的刑罚,才会让其他大臣畏惧,否则这些乱臣贼子以后都要指着大王的鼻子骂您呢。"

纣王好奇地问:"美人有什么好办法?"妲己说:"臣妾想到了一个叫作炮烙的刑罚,就是把这些不听话的大臣剥光衣服,再将他们的四肢绑在烧红的铜柱子上,把他们烧成灰烬。有了炮烙,准保那些奸猾的大臣不敢再目无法纪,顶撞大王。"

纣王听了妲己的话,夸奖道:"美人的这个方法真是尽善尽美!好,我们就用炮烙之刑来处死梅伯。"

商容听说纣王在命人赶制炮烙,认为殷商气数已尽,就主动要求辞职,回到家乡养老。纣王舍不得这位老臣,最后看商容的态度很坚决,只好同意了他的要求。

商容临走时,满朝文武都来送行。亚相比干说:"老首相现在告老还乡,怎么忍心把江山社稷扔在一边不管?"商容老泪纵横,对比干说:"不是我狠心撇下各位,而是天子宠信妲己,残害忠良,还研制炮烙那样没有人性的刑具。我屡次进谏不被采纳，实在是无力回天，所以打算让位给贤德的人。我希望各位能够尽心辅佐天子，及时提醒他不要耽于酒色。咱们以后还会再相见的。"说完，和百官洒泪而别。

炮烙造好后，纣王大喜。第二天上朝，文武百官都被宫殿东面的二十根巨大的铜柱所吸引，不知道有什么用途。就在大家纳闷的时候，纣王命人把梅伯押出来绑在柱子上。

纣王说："你前几天敢在众人面前辱骂我，现在就要用炮烙把你烧成灰烬。"

梅伯大喊："我死不足惜！可怜殷商大好江山就要毁在你这无道的昏君手里。"

纣王大怒，命令行刑。可怜忠臣梅伯在一瞬间就被烧成了灰烬。文武百官都被眼前的一切吓傻了，很多人都想辞官回家。

纣王见大臣们没人敢谏言，心里十分高兴，当晚就和妲己在寿仙宫饮酒作乐来庆祝，直到半夜也没有停止的意思。

中宫的姜王后听到鼓乐声，就问宫人："这时候是哪里在奏乐？"

两边的宫人赶忙回答："娘娘，是大王和苏美人在寿仙宫玩乐。"

姜王后叹了口气，说："我听说大王听信妲己的话，制作一个叫炮烙的刑具，残害了大夫梅伯。看来我有必要去见见这个贱人了。"说完，姜王后命人准备车辇，前往寿仙宫。

杜元铣

封神榜上的群星之一——博士星。三世老臣，司天监太师，他秉性忠良，因劝谏纣王不要宠幸妲己、败坏朝纲，被处以枭首之刑。

姜王后遇害 (六)

姜王后来到寿仙宫,喝得醉醺醺的纣王让妲己向王后行礼,又让她为姜王后表演歌舞。尽管妲己的舞姿非常优美,但姜王后一眼都没有看。

纣王看姜王后没有兴趣,就好奇地问:"王后,人生短暂,应该及时享乐。妲己的歌舞这么优美,简直就是世间少有,你为什么不欣赏呢?"

姜王后回答:"大王是万民之主,应当以老百姓的利益为重。您要清楚,天子最珍贵的是忠臣良将,而不是舞蹈。大王如果沉迷于酒色,不理朝政,只会不利于江山社稷。希望大王为了天下苍生考虑,远离酒色,勤政爱民,这样才可以永保太平,国泰民安。"说完,就带着自己的人离开了寿仙宫。

纣王本来正在兴头上,被姜王后劈头盖脸地说了一通后,心里非常恼怒,对妲己说:"这个不识抬举的贱人,我让美人你为她跳舞,却反被她批评,还说了那么多的废话。她如果不是正宫王后,我早就教人把她金瓜击顶了。真是气死我了!美人,你再给我跳一支舞,好让我忘掉刚才的不快。"

妲己为了挑拨纣王和姜王后的关系,趁机说:"大王,妾身再也不敢跳舞了。"纣王问为什么。妲己回答:"王后娘娘指责我迷惑大王,如果我再跳舞,王后又会批评我的。"说完,就装腔作势地哭起来。纣王十分心疼,生气地说:"美人不要理会那个贱人的话,我过几天就废了她!然后立你为王后。"

每月的初一和十五,后宫的嫔妃们都要前去朝拜王后。当天,后宫嫔妃们都来到了姜王后的宫中。姜王后当着所有嫔妃的面,批评妲己:"大王每天和你在寿仙宫饮酒作乐,不理朝政,扰乱法纪,你不仅没有劝大王,还整日跳舞迷惑他,实在是祸国殃民。我希望你马上改正错误,否则我一定饶不了你!"

妲己强忍怒气,愤恨不已地回到寿仙宫,发誓一定要报仇雪恨。宫女鲧捐听了,立即献上一计。妲己便派鲧捐给费仲送去一封密信,让他想个办法除掉姜王后。

姜王后的父亲是东伯侯姜桓楚,手下有二百镇小诸侯,实力强大。费仲心里清楚,只有想一个斩草除根的毒计再动手,才能安枕无忧。经过一夜的苦思,老奸巨猾的费仲想到了一个十分毒辣的办法。

一天,纣王在王宫里游玩时,突然遭到一名刺客刺杀。这名刺客被宫廷侍卫抓获后,主动交代自己名叫姜环,是奉姜王后和东伯侯的命令来杀纣王的。其实这是费仲想出的陷害姜王后的办法。

纣王一听姜王后想除掉自己,勃然大怒,就让人审问姜王后。姜王后因为是被冤枉的,当然不肯认罪。况且姜王后是纣王的原配妻子,她身为中宫王后,向来贤良淑德。她的儿子又被立为太子,父亲受封东伯侯,全家人位高权重,深受皇恩,实在是找不出她派人刺杀纣王的理由。

纣王听了审讯者的话,也认为姜王后可能是被冤枉的,就在他犹豫不决时,妲己突然笑了起来。

纣王问:"美人,你为什么笑?"

妲己说:"大王不要被王后娘娘的谎言迷惑。自古以来,人们都喜欢到处散播自己做的好事，没有人喜欢承认自己做过的坏事。现在姜环奉命行刺大王，一定是想帮助主人东伯侯篡位。这样大逆不道的罪行，姜王后当然不会承认。臣妾认为只有加重刑罚，姜王后才会认罪。"

纣王点了点头，问："美人认为该用什么刑罚呢？"妲己说："依臣妾看，如果姜王后不认罪，就挖出她的眼睛。姜王后害怕挖眼睛的痛苦，就会乖乖认罪。"纣王同意了。

武成王黄飞虎的妹妹是纣王的贵妃。黄贵妃听说了妲己的坏主意，就劝姜王后不要再坚持。可耿直的姜王后为了名节，下定决心不会屈服。黄贵妃正劝姜王后时，纣王的人来逼问。由于姜王后拒不认罪，被残忍地剜去了一只眼睛。

纣王后来见了，于心不忍，就责怪妲己："都是相信了你的话，王后才遭到这么残忍的处罚。到时候大臣们不服气，我该怎么办？"

妲己说："姜王后不认罪，大臣们当然不会服气。臣妾认为，事情发展到现在的地步，索性一不做二不休，如果姜王后再不认罪，就炮烙她的双手。俗话说，十指连心，不怕她不认罪。"

黄贵妃又劝姜王后不要再受皮肉之苦，可姜王后依然没有答应。可怜姜王后的双手被烧得皮焦肉烂，人也昏死过去。

纣王见姜王后还是不认罪，一时间不知道该怎么办了，就询问妲己的意见。妲己建议："大王不必担忧，现在只需要把姜环带上来，让他和姜王后当面对质，立刻就会知道事情的真相。"纣王同意了。

黄飞虎

封神榜上的东岳泰山天齐仁圣大帝，五岳之首。他原是商纣王身边的武将，后来反商投靠周武王。他精通武艺兵法，不会法术，使用金攥提芦枪，坐骑为五色神牛。

方弼方相反纣 （七）

姜王后一看到姜环，就破口大骂："你这个逆贼，是谁派你来陷害我的？"姜环装出一副无辜的样子，说："娘娘，事到如今，您就不要再抵赖了，还是向大王认罪吧。"他俨然是看见王后身受酷刑，将不久于人世，所以明目张胆地诬陷王后。

不久，姜王后的两个儿子殷郊和殷洪听说母后被押解送审，遭受了酷刑，急忙赶去解救。两人来到姜王后身边，看着血肉模糊的母后，不禁伤心欲绝，抱着母后大声痛哭。

此时太子殷郊才十四岁，二殿下殷洪十二岁。姜王后看着两个未成年的孩子，内心十分悲痛，她对两人说："我的孩子，妲己贱人想出诸多酷刑来折磨我，而眼前的这个人就是陷害我的姜环，你们一定要为我报仇雪恨！"姜王后刚说完，就因伤势过重去世了。

太子殷郊看到母亲惨死，拔出宝剑，不由分说杀了姜环，又提着宝剑去找妲己报仇。黄贵妃怕殷郊惹出大祸，就急忙让殷洪把殷郊追回来。尽管如此，殷郊的举动还是让纣王知道了。残暴的纣王竟然下令，让手下的两个将军晁田和晁雷去杀自己的亲生儿子。

幸亏得到黄贵妃和杨妃相助，两位王子才一时逃脱魔爪，来到了文武大臣齐聚的九间殿上,向众人求助。兄弟两人把自身遭遇详细地说给群臣听,引起大家的一致同情与愤慨。

镇殿大将军方弼和方相兄弟很早就反感纣王的荒淫无道,现在听说纣王竟然连自己的妻子和儿子都要杀害,就当着其他大臣的面高喊:"纣王无道,诛妻杀子。从今天开始,我们兄弟要保护两位王子离开朝歌,寻找一股反对纣王的力量,推翻纣王,立太子为王。"说完,每人背起一位王子,冲出城门。

两人都是身材魁梧的巨人,守城的官兵根本拦不住他们。满朝文武都被方氏兄弟的举动惊得不知所措,只有黄飞虎十分镇定。

比干问黄飞虎:"将军,如今方弼方相兄弟造反,你为什么一言不发呢?"

黄飞虎说:"方氏兄弟都是胸无点墨的莽汉,尚且不能容忍大王残害妻子和儿子。而这么多的文武大臣竟然没有一个像方氏兄弟那样,敢站出来伸张正义。我如果制止他们,他们和两位王子都要被杀。我实在是不忍心残害忠良啊。"

就在这时候,晁田和晁雷提着宝剑来找两位王子。黄飞虎把方氏兄弟背着王子反出朝歌的事如实说了。晁田兄弟听说方氏兄弟造反,大惊失色,再加上方氏兄弟都是巨人,自己根本不是他们的对手,想来想去决定先向纣王复命。

纣王听说后,立刻命令黄飞虎去追捕方氏兄弟和两位王子。

黄飞虎当然不想接过这个差事,可毕竟是纣王下的命令,自己身为臣子,只能服从。他的亲信黄明、周纪、龙环、吴炎四个人也想跟随前往,被他拒绝。

黄飞虎跨上能日行八百里的五色神牛去追赶方氏兄弟,没过多久就追上了他们。

方氏兄弟知道自己不是黄飞虎的对手,于是恳请黄飞虎能够放过两位王子,自己甘心受罚。殷郊和殷洪看到方氏兄弟如此侠肝义胆,就跪在黄飞虎面前,恳求放了他们四人。

黄飞虎看着眼前的场景,感到左右为难。殷郊见黄飞虎拿不定主意,决定用自己的性命换弟弟一命。殷洪也争着让哥哥活命。黄飞虎被四人舍己为人的精神感动,下定决心放他们逃命。黄飞虎还建议方弼护送两位王子去投奔东伯侯姜桓楚,方相去见南伯侯鄂崇禹,请他出兵清除奸佞。他又将自己随身携带的玉珏送出,充当一行人的路费,然后转身回朝歌复命去了。

方氏兄弟保护两位王子走了一两日,觉得一行人目标过于明显,不利于逃跑,于是商量四人分开行动,约定日后王子起兵反纣之时再相见。四人就此洒泪而别。

而纣王听说黄飞虎没有找到人,就派殷破败和雷开两个人继续追捕。

黄飞虎是全军的最高统帅,所有的兵马调配都要经过他同意。为了给王子们争取到更多的时间,他下令第二天再派兵,并且派出的都是老弱病残,这样可以更好地拖延时间。

殷洪由于年纪小,又从小在宫廷里娇生惯养,哪里经得起奔波劳顿。他一路上都是到村里的百姓家讨饭吃。一天夜晚,困顿的殷洪在松林里看到一座古庙,就来到庙里和衣而睡。

殷郊一路向东走,天黑时看到了一座很大的府邸。殷郊上前敲门投宿,没想到这座府邸的主人竟然是刚刚告老还乡的老首相商容。商容见到衣衫褴褛的太子,也大吃一惊,急忙询问原因。殷郊就把事情的来龙去脉原原本本地告诉了商容。

听完殷郊的话,商容气得大喊:"真没想到纣王这个昏君这么灭绝人性，连自己的结发妻子和亲生儿子都要害。满朝文武看到大王这么做，竟然没有一个人规劝他，放任朝纲毁败！殿下请放心，老臣明天就回朝歌劝阻大王不要再胡作非为。"

方相、方弼

两人是商朝殷纣王的镇殿将军，因纣王荒淫无道，他们反出朝歌，投靠周武王，后世把他们尊为开路神、门神。

五色神牛

黄飞虎的坐骑，具有五色毛发，力大无穷，可以托云走路，奔跑起来如风如雷。

商容之死 八

雷开带着五十个老弱残兵追捕目标，遇上了大雨。他看到不远处有一座古庙，就带人到里面避雨，没想到看到了在庙里睡觉的殷洪，于是不费吹灰之力就抓住了殷洪。

殷破败向东追捕，途中路过商容的家，因为他曾经是老首相的学生，就进去探望自己的老师。他刚一进府邸，看到殷郊竟然在屋里和商容一块吃饭，大喜过望，命令士兵把殷郊带走。商容大骂殷破败助纣为虐，可又没有办法，只好眼睁睁看着殷郊被抓走。

殷破败和雷开合军一处，带着两位王子返回。快到朝歌的时候，殷破败和雷开将两位王子安置在城外，自己先行一步进宫邀功。

纣王听说两个儿子被抓到，立刻让殷破败去处死他们。殷破败和雷开拿着圣旨刚走出午门，被以黄飞虎为首的文武百官拦住。上大夫赵启把纣王的圣旨撕得粉碎，大骂殷破败和雷开。黄飞虎命令自己的四个亲信把王子保护起来。

殷破败和雷开见群情激愤，吓得一时不知所措。文武百官一齐来到大殿上，鸣钟击鼓，请求纣王上朝。纣王害怕面对这些义愤填膺的百官，转头询问妲己的意见。妲己怕纣王一时心软，听信了群臣的谏言，就让纣王发一道密旨，即刻斩了两位王子。

这个时候，恰好有两位仙人路过此处，他们一个是太华山云霄洞的赤精子，另一个则是九仙山桃源洞的广成子。因为一千五百年前有神仙犯了杀戒，昆仑山玉虚宫的阐教圣人元始天尊①不再开坛讲座，于是两位仙人闲来无事，每日随意游览三山

广成子

元始天尊的弟子，玉虚十二仙之首，法力高强，在九仙山桃源洞修行，收有门徒殷郊。他的法宝有番天印、落魂钟、雌雄剑、八卦紫绶仙衣、扫霞衣、方天画戟等。

赤精子

元始天尊的弟子，在太华山云霄洞修行，他的镇洞之宝是阴阳镜，可以将照到之人杀死或复活，徒弟是殷洪。

① 元始天尊：又名"玉清元始天尊"。在道教神仙中的排名第一，《历代神仙通鉴》称他为"主持天界之祖"。

五岳。路过朝歌时，忽然被两道红光阻挡住。二仙拨开云头，向下观看。

广成子说："道兄，殷商气数已尽，西岐的圣主马上就要得到天下。这两位王子红光冲天，命不该绝。你我二人不如发发慈悲，救他们一命，再一人收一个弟子，将来可以为伐纣出一份力。"

赤精子回答："此话有理，那事不宜迟，现在就动手吧。"

于是广成子命令黄巾力士："你们把这两个即将受刑的王子带回咱们的山洞。"

黄巾力士领广成子的法旨架起神风，顿时天昏地暗，飞沙走石。监斩殷郊和殷洪的人都被大风吹得睁不开眼睛，各自抱头鼠窜。等到大风停止后，两位王子已经不见踪影。百官听说两位王子不见了，心里十分高兴。殷破败把情况说给纣王听，纣王听了摇头直叹奇怪。

随后赶来的商容听说两位王子被大风吹走，心里十分诧异。大臣们看到老首相突然返回，都上前迎接。

商容责备大臣们说："我辞官回家后，大王做了这么多的错事，你们为什么不去阻

黄巾力士

道教传说中听命于高级别神仙的仙吏。具体人数不固定，每位神仙手下的黄巾力士数目不一样。

拦呢？"

比干说："老首相，不是我们这些人不想劝大王，而是他已经很久都没有上朝了，我们根本没有机会见到大王啊！"

商容叹了口气，说："还好苍天有眼，用神风救走了两位王子，否则先王就要断子绝孙了。我这就击鼓请求面见大王。"

纣王在后宫正因儿子被风救走而闷闷不乐，听到外面有人一直击鼓，就气势汹汹地来到九间殿，要看看谁在捣乱。结果纣王看到击鼓的人竟是商容，好奇地问："你不是告老还乡了吗？今天没有宣诏，你无缘无故回来干什么？"

商容说："老臣听说大王最近沉迷于酒色，拒绝上朝，残忍地杀害了姜王后，还要杀了自己的亲生骨肉。希望您能早点悔悟，痛改前非。"

纣王勃然大怒，对左右说："把这个老匹夫推出去金瓜击顶！"

商容面不改色地说："我是三世老臣，又受先王托孤，倒要看看哪个人敢来抓我。"接着，就指着纣王破口大骂："昏君啊，你被酒色所迷惑，不理朝政，滥杀无辜，如何对得起先王？姜王后温良贤淑，母仪天下，你却听信妲己贱人的话，残杀姜王后。两位王子都是你的亲生骨肉，你都忍心取他们的性命！可惜啊，我殷商数百年的基业现在都要毁在你这个昏君的手里！你死以后，还有什么面目去见列祖列宗啊！"

纣王拍着桌案大叫："快把这个胡言乱语的老匹夫拿下！"

商容喝退来人，高声说："我死不足惜。只是没有把你这昏君辅佐成合格的君主，实在愧对先王的嘱托啊！"说完，商容一头撞在宫殿的龙盘石柱上，当场毙命。

姬昌收雷震子 （九）

满朝文武百官看到商容以死进谏，触柱而亡，无不心生悲戚。而纣王竟然还下令将商容曝尸荒野，大夫赵启忍无可忍，站出来大骂纣王："无道昏君，你残害忠良，宠信妖姬奸佞，成汤的江山社稷终将葬送在你手里。你杀妻灭子，灭绝人伦，枉为人君，早晚会自食恶果！"纣王大怒，下旨以炮烙之刑处死了赵启。可怜一代忠臣骨化魂飞。

纣王回宫后，仍然余怒未消，他对妲己说："今天商容和赵启两个匹夫竟然当着满朝文武的面辱骂我，简直无法无天了。看来炮烙已经不能震慑朝中那些满腹牢骚的官员，必须想一个更奇特、更残酷的刑罚。"

妲己在一旁说："臣妾会为大王想一个好主意。"

纣王又说："我现在立美人为皇后，朝中官员断然不敢再反对。不过，我担心东伯侯姜桓楚，他如果知道自己的女儿惨死，一定会起兵造反。如今闻太师远在北海，一旦诸侯们真的反叛，那该如何是好。"

妲己见机说道："臣妾是女流之辈，不懂得这些安邦定国的大事。大王不妨召费仲来商议，他一定会想出好的计策。"纣王听从妲己的话，命人传费仲进宫。

费仲来到了王宫。纣王问他,如果姜桓楚起兵反叛,朝廷应该如何应对。费仲想了一会儿,答道:"大王,现在朝中文武百官都有怨言,恐怕都城的事很快会传开,姜桓楚不久就会得知,到那时必定生出祸乱。所以大王不如先下手为强,下一道圣旨,把四大诸侯全都骗进朝歌。等他们一到,立刻把他们处死。到时候八百镇诸侯群龙无首,也就不敢造反了。"

纣王听了费仲的话,直夸赞:"爱卿真是天下奇才啊!"于是,连发四道密旨,召四大诸侯到朝歌觐见。

西伯侯姬昌接到圣旨后,自己占卜了一卦。他推算出自己这次去朝歌是凶多吉少,将遭受七年大难。于是他把西岐内政托付给上大夫散宜生,外事托付给大将军南宫适、辛甲等人,让长子伯邑考代替自己管理西岐,照料好自家兄弟与西岐百姓。

第二天,姬昌带领五十个随从出发去朝歌,儿子伯邑考、姬发,满朝文武大臣和百姓齐聚十里长亭为他送行。姬昌想到前路坎坷不由得感慨忧伤,与众人洒泪而别。

长途跋涉数日,一行人走到了燕山附近。姬昌在马上看了看天,对随从们说:"派人去前方查探,看有没有村舍或茂林避雨,不一会儿就会下大雨了。"随从们还在怀疑,眼下晴空万里,哪里来的大雨,结果转眼间大雨倾盆而下,一行人连忙跑到树林里避雨。

大雨下了有半个时辰[①],姬昌提醒众人:"注意,要打雷了。"

随从们刚捂住耳朵,天地间就发出一声震天响,把大地都晃动了。雷声响过,很快雨过天晴。姬昌对随从们说:"这一声巨雷

[①] 时辰:中国的古人把一天划分为十二个时辰,每个时辰相当于现在的两小时。

预示着有将星①出现,你们快和我一起寻找。"

大家半信半疑,找来找去,结果真的在一个古墓边找到了一个啼哭的孩子。姬昌抱着孩子,高兴地说:"我命里有一百个儿子,之前已有九十九个,算上这个婴孩,刚好一百个,真是太好了!"然后吩咐随从说:"我这次去朝歌凶多吉少,先把这个孩子托付给当地的村民抚养,等我七年后回来,再带他回西岐。"

就在姬昌抱着孩子寻找人家时,忽然迎面遇到一个相貌清秀的道人。这个道人看到姬昌,就上前打了个稽首:"君侯,贫道有礼了。"

姬昌急忙还礼:"姬昌失礼了。敢问道长来自哪座仙山?为什么来到此处?"

道士笑着说:"贫道是终南山玉柱洞的云中子。刚才雨过雷鸣,预示会有将星出现。贫道来到这里,是为了寻找将星。"

姬昌一听,连忙让人把孩子抱过来。云中子接过孩子,笑着说:"将星,你这个时候才出现。"接着又问姬昌:"君侯,贫道打算收这个孩子为徒,等到时机成熟,一定把他送还给你,不知道你意下如何?"

姬昌说:"道长能收他为徒,姬昌求之不得。只是以后我们父子相认,该以什么名字为凭证呢?"

云中子想了想,说:"既然这个孩子是雷后现身,就叫他雷震子吧。"说完,就怀抱雷震子驾云返回终南山。

姬昌经过一路颠簸,终于来到朝歌,此时其他三位诸侯都已

---

① 将星:古人认为人间的帝王将相与天上星宿相互对应,将星则是象征大将的星宿。

姬昌收雷震子

经到了。四大诸侯在驿馆中休息,寒暄之余,众人都在猜测纣王找他们前来所为何事。南伯侯鄂崇禹提起朝中大事被费仲、尤浑这样的小人把持,一时愤恨不已,他指责北伯侯崇侯虎竟然和他们狼狈为奸。两人为此争论不休,甚至大打出手。最后崇侯虎气得先行离开了。

其他三人又坐下来,因为久别重逢,他们叫来一些酒菜,打算彻夜长谈。正当他们喝得尽兴时,驿馆中一个叫姚福的仆人在一旁说道:"别看今天喝得开心,明天说不定就会血染刑场。"这番话引起了三位诸侯的注意,他们询问姚福为什么会这么说。姚福便把近日都城里发生的重大变故告诉了他们。

东伯侯姜桓楚听到女儿惨死,两位殿下下落不明,当下心如刀割,大叫一声,跌倒在地。姬昌等人赶忙扶起姜桓楚。

姬昌说:"明天我们一齐向纣王进言,为姜王后申冤。"三人打定了主意。

第二天早朝,文武百官都来到了九间殿。姜桓楚站出来说:"大王听信妖妃佞臣的话,杀妻灭子,丧尽天良。臣受先王托付,今天要向大王冒死进谏。"

纣王顿时大发雷霆,呵斥侍卫将姜桓楚捆绑起来,推出午门处死。

姬昌被困

三大诸侯见姜桓楚无故获罪，内心大惊失色，没想到纣王竟然如此荒唐无道，不听人言。他们急忙站出来阻止纣王。纣王本就打算一举清除四大诸侯，于是趁机下令把他们全部拿下。

崇侯虎因为平时和费仲、尤浑狼狈为奸，所以两个奸臣立刻站出来为他说好话。纣王对这两个人一向言听计从，因此赦免了崇侯虎。

黄飞虎、比干等七王在一旁看不过去了，纷纷上前求情。比干说："大臣是君王立国的支柱。东伯侯姜桓楚镇守东鲁，多次立有战功，大王怎能听信别人一面之词，就认定他弑君呢？况且西伯侯姬昌向来忠心不二，以仁义闻名于诸侯，被人称作西方圣人。南伯侯鄂崇禹身负镇守一方的重任，一直以来勤勤恳恳，没有什么过错。臣恳请大王能够怜惜并赦免这些于国家有功的大臣。"

纣王还要反驳，黄飞虎又上奏道："大王，三大诸侯今天一旦无辜被杀，您如何向天下人交代？倘若他们的臣民起兵反叛，眼下闻太师远征北海，不在朝中，到那时国家深陷混乱之中，大王又该如何应对呢？"

纣王思考了许久，只好答应赦免姬昌，但任凭众大臣如何求情，也不肯饶恕姜桓楚和鄂崇禹。可怜两人千里迢迢来到都城朝觐，却无故惨遭杀害。

纣王本打算放姬昌回国，可费仲却出了个坏主意，他对纣王说："大王，姬昌这个人外表看起来忠厚老实，实际上内心奸诈狡猾。他看到东伯侯和南伯侯被杀，没准一回到西岐就会兴兵作乱。大王如果就这样放他回去，无疑是放虎归山。"

纣王说："可赦免他的诏书已经下了，我不能出尔反尔。"

费仲又说："这个不难。明天姬昌临行前，百官一定会为他践行，臣会趁机探听他的内心想法。如果他是真心为国，就放他一马；如果是欺骗大王，就把他斩首示众，以绝后患。"纣王同意了。

第二天一大早，百官果然在西门外的十里长亭为姬昌践行。费仲和尤浑也骑马赶来，其他大臣见了他们，都面露不悦，一个个找借口离开了。

费仲装作一脸谦卑的样子，对姬昌说："贤侯今天返回封地，卑职特地来送行，只因有事耽搁来晚了，还请贤侯恕罪。"

姬昌本是一位仁德君子，向来待人以诚，没有丝毫虚情假意。他见费、尤二人对自己以礼相待，便满心高兴，与他们对饮起来。

酒过三巡，费仲说："我听说贤侯擅长占卜之术，不知道推演是不是从未出过错呢？"

姬昌回答："占卜推演，怎会一直不出错呢？不过是借助卦象远离不好的事物，这样一来，倒也能避灾免祸。"

费仲又问："您推算过国家的未来吗？"

姬昌由于喝了酒，一时间丧失了警惕，就叹了口气，说："国家气数已尽，现在到了最后一世，而且还不得善终。当今大王胡作非为，不超过四到七年，国家就会灭亡。"

费仲接着说："下官二人想请贤侯帮忙卜算一卦，看看我们将来的命运如何。"

姬昌是个正人君子,不懂得阴谋诡计,就为两人推算了一番。他看着卦象,百思不得其解,口中连声说:"真是奇怪!"

费、尤二人马上问:"请问哪里奇怪?"

姬昌回答:"我以前见过各种死法,却从来没有见过你们二位这么蹊跷的死因。"

两人似笑非笑地问:"大人快说是什么奇怪的死因?"

姬昌说:"两位将来不知道为什么,会被封冻在冰雪里。"

两个人不相信姬昌的话,又笑着问:"不知道贤侯有没有给自己推算过未来?"

姬昌说:"也算过,我是寿终正寝。"

费、尤二人假惺惺地向姬昌道贺,随后与他告别,快马加鞭赶回宫中告状去了。

纣王看到费、尤二人返回,问道:"姬昌都说了些什么?"

两个人回答:"姬昌实在是罪不可赦。他竟然说国家要毁在大王手里,还说大王不得善终。"

纣王大骂:"姬昌这个老匹夫,竟敢在背后咒骂我!传我的旨意,命晁田火速出兵抓捕姬昌回来问罪。"

这时姬昌已走了一段路,他猛然醒悟过来,知道自己酒后失言,惹下了大祸,急忙对家将们说:"我们加快速度回西岐,晚了恐怕要有灾祸。"

话音刚落,晁田的追兵就赶到了。晁田拦住姬昌,说:"君侯,大王有令,让你马上返回朝歌。"

姬昌见事情已无可挽回,就嘱咐家将们先行回西岐,自己则跟随晁田回到朝歌来。

黄飞虎听说姬昌返回朝歌,知道他凶多吉少,连忙派人联络其他大臣,火速赶往九间殿。

纣王一看到姬昌就大骂道:"老匹夫,我之前对你网开一面,放你回西岐,你不但不知道感恩,还在背后诅咒我!你还有什么好说的!"

姬昌说:"老臣虽然愚笨,但是一向恪守忠孝之道,怎敢冒死侮辱大王?"

纣王大怒:"你还敢强词夺理。你不是占卜,说我不得好死吗?"

姬昌回答:"大王,老臣只是根据卦象来推演吉凶,并没有故意捏造事实。"

纣王大喝一声:"老匹夫还狡辩!来人啊,把姬昌推出去斩首,以正国法!"

黄飞虎等大臣此时都跪在殿外为姬昌求情。比干说:"大王,您不能无故斩杀大臣,这样百姓们将不再信任您。为了让天下百姓心服,不如给姬昌一个机会,让他现场占卜。如果应验,就饶他不死;如果不灵,再杀他不迟。"

纣王为了堵住大臣们的嘴,就让姬昌立即占卜一卦。姬昌拿出钱币来卜卦,结果大吃一惊。他对纣王说:"大王,明天太庙将有火灾,请您马上下令把里面的物品拿出来保护。"

纣王将信将疑地问:"明天什么时候?"

姬昌说:"午时。"

纣王下令:"先把姬昌关押起来。等到了明天,看他所说的是否应验,再讨论如何处置他。"

众臣退出后,纣王问费、尤二人:"如果姬昌的话应验了,明天该怎么办？"

尤浑想了一个主意："大王先派人把太庙里所有容易引起火灾的东西都撤走，再安排人在太庙内外仔细看守，这样就可以避免火灾了。"

第二天，纣王和费、尤都打算看姬昌出丑。到了午时，突然响起一声霹雳。一个官员急匆匆地跑来禀告："大王，太庙起火了！"

纣王大惊失色，赶忙问费、尤二人："姬昌的话果然应验了，大夫，我该怎么办呢？"

费仲说："大王，既然姬昌的占卜得到应验，就不能杀他了。但我们可以把他囚禁在朝歌，这样一来，他就不会对我们造成什么影响了。"

于是，姬昌被押送到羑里①囚禁起来。羑里的父老乡亲都听说过姬昌的贤德，纷纷牵羊担酒，夹道欢迎。姬昌到了羑里，这里的风气顿时焕然一新，百姓们安居乐业，邻里相处和睦。姬昌闲居无事的时候，就推演伏羲②八卦③。后来，姬昌把八卦发展成六十四卦，分出三百六十爻象。后人写诗称赞说：

七载艰难羑里城，封爻一一变分明。

玄机参透先天秘，万古流传大圣名。

---

① 羑（yǒu）里：古地名，商代纣王囚禁周文王的地方。
② 伏羲：与神农、黄帝并尊为中华民族的人文始祖，所处时代大概是新石器时代中晚期。相传是他根据天地万物的变化，发明创造了八卦，成了中国古文字的发端。
③ 八卦：包括乾、坤、震、坎、艮（gèn）、巽（xùn）、离、兑等卦名。

十一 哪吒出世

陈塘关有一位总兵叫李靖。李靖年轻时曾经拜西昆仑度厄真人为师，学习道术。由于难以修成仙道，他只好下山辅佐纣王，被封为总兵。李靖和夫人殷氏已经生了两个儿子，长子叫金吒，次子叫木吒。殷夫人现在又怀孕了，而且已经三年零六个月，却依然没有生产。李靖经常满怀忧愁，望着夫人的肚子说："这个孩子三年多了还不出生，一定是个妖怪。"

这天夜晚，殷夫人睡得正香，梦到一个鹤发童颜的道人对她说："夫人，快接贵子。"殷夫人被惊醒，只觉得肚子疼痛，肚里的胎儿好像要出生了。李靖在前厅焦急地走来走去，不知道夫人会生

李靖

曾任陈塘关总兵，殷夫人的丈夫，生有三子：金吒、木吒和哪吒。被哪吒追杀时，遇上燃灯道人赠他七宝玲珑塔。后来辅佐周王伐纣，成功后请辞归山，与三个儿子及杨戬、韦护、雷震子一起修炼，最终肉身成圣。

哪吒出世

下什么怪物。正当他胡思乱想的时候，侍女惊慌失措地跑过来说："老爷，夫人生了一个妖精！"

李靖听了大惊失色，提着宝剑来到后房。刚推开门，就看到满屋子的红光，空气中还弥漫着奇怪的香气，一个肉球正在屋子里飞快地转着圈。李靖定了定神，走上前一剑劈去，把肉球从中砍开了，里面跳出一个小孩。只见这个小孩右手套着一个金镯子，肚子上围着一块红绫，两眼闪闪发光。原来这不是一般的孩子，而是元始天尊座下的灵珠子化身。金镯子叫乾坤圈，红绫叫混天绫，都是很厉害的法宝。

小孩正在满地跑，李靖看见了惊讶不已，走上前抱起他。看着小孩这么可爱，又是自己的骨肉，李靖突然不觉得他是个怪胎了。

第二天，很多人都来家中道喜。招待完宾客，李靖正在家中闲坐，忽然侍从禀告外面有道人来访。李靖本来出身道门，立即出门迎接。道人看到李靖，自报家门说自己是乾元山金光洞的太乙真人，听说李靖又得了一个儿子，专程前来道喜。李靖很高兴，连忙让婢女把孩子抱出来给太乙真人看。

太乙真人看着小孩，问道："将军，这个孩子起名字了吗？"

李靖回答："还没有起名呢。"

太乙真人说："贫道想收这个孩子为徒，不知道将军愿不愿意？"

李靖很高兴："真是求之不得啊。"

太乙真人问："将军有几位公子？"

李靖回答："弟子有三个儿子。大儿子叫金吒，拜五龙山云霄洞文殊广法天尊为师；二儿子叫木吒，拜九宫山白鹤洞普贤真人为师；剩下的就是这个孩子了。"

太乙真人想了想，说："贫道就为这孩子起名哪吒，不知道将

太乙真人

昆仑玉虚十二上仙之一，阐教掌门元始天尊的真传弟子，哪吒的授业恩师，道场为乾元山金光洞。

军同意吗？"

李靖赶忙拜谢："多谢道长美意。"太乙真人哈哈大笑，转身告辞离去。

时间过得飞快，一转眼七年过去了。这年夏天，天气酷热难耐，哪吒为了避暑，出关来到东海入海口九湾河玩耍。看见河水清凉澄澈，哪吒脱了衣服坐在旁边的大石头上，用混天绫蘸水洗澡。随行的家将担心小少爷有危险，寸步不离地守着。

可他们不知道的是，哪吒手里的红绫不是普通的红布。它一入水，河水就被映红了；摆一摆，江河就在晃动；摇一摇，天地都震动不已。哪吒在东海口洗澡，竟把东海龙宫搅了个天翻地覆。站立不稳的东海龙王敖光命令巡海夜叉[①]李艮出海去查明原因。

夜叉分开水路来到海面上，只看到一个小孩在用红绫蘸水洗澡，他大声喊道："你是谁家的孩子，用了什么法术，把我们东海龙宫搅得天翻地覆？"

哪吒正玩得高兴，突然看见从海里钻出一个红发蓝脸、巨口

[①] 夜叉：佛教中一种形象丑陋凶恶的鬼，后来因为受到佛祖的教化而成为护法之神。

獠牙的家伙,就毫不示弱地说:"你是个什么怪物,凭什么来管我?"

夜叉平时横行霸道惯了,哪里受得了一个小孩的侮辱,举起手里的大斧就砍向哪吒。哪吒轻轻一跳,灵活地躲过大斧,顺势举起右手的乾坤圈,向夜叉的头顶砸去。这乾坤圈是仙家宝贝,夜叉哪里经受得住,当即倒地死亡。

龙王敖光久等不见夜叉回来,又派龙兵上去查看。不一会儿,龙兵惊魂未定地跑回来报告:"大王,不好了,夜叉被一个小孩打死了!"

敖光大惊失色,说:"夜叉是玉皇大帝在灵霄宝殿[①]钦点的神将,谁这么大胆敢打死他?让我上去会一会。"

敖光刚要亲自出马,三太子敖丙站出来说:"何须父王亲自去看,孩儿去把他捉来,让父王发落。"说完骑上逼水兽,提一杆方天画戟,带领虾兵蟹将来捉拿哪吒。

哪吒还在水边嬉戏,忽然看到波涛袭来,大喊道:"好大的水!好大的水!"

等到浪平水静,只见一个衣着不凡的人,威风凛凛地骑在一头水兽上,大声责问:"是谁打死了我的巡海夜叉?"

哪吒回答:"是我!"

敖丙看了哪吒一眼,问:"你是什么人?"

哪吒说:"我是陈塘关总兵李靖的三儿子哪吒。刚才我在这里洗澡,那个怪物就来骂我。他实在太笨了,才被我一下打死。"

敖丙大惊,说:"你这个不知天高地厚的小屁孩,夜叉李艮是天宫钦点的神将,你竟然敢把他打死。"说完,挺起画戟就刺向哪吒。

哪吒快速躲闪到一旁,问道:"你又是什么人?"

[①] 灵霄宝殿:神话传说里玉皇大帝的宫殿。

敖丙根本没有把哪吒放在眼里，神气地说："我是东海龙王三太子敖丙。"

哪吒哈哈大笑："原来是敖光的儿子啊。你不要妄自尊大，如果惹恼了我，把你这条泥鳅的皮剥下来。"

敖丙哪里受得了这样的侮辱，勃然大怒，大叫一声："气死我啦！大胆顽童，如此无礼，吃我一戟！"

哪吒急了，把混天绫向空中一扔。混天绫瞬间变得像一个巨大的火团，从天空落下，把敖丙紧紧地捆绑起来。哪吒上前一步，提起乾坤圈砸向敖丙的头。这一下把敖丙的原身打了出来，原来是一条龙，躺在地上一动不动了。哪吒看敖丙已死，就抽出龙筋来，打算给父亲李靖束铠甲用。哪吒哪里想到，他这次可闯下了大祸。

敖丙

封神榜上的华盖星。他是东海龙宫三太子，兵器是一杆方天画戟，坐骑是逼水兽。

哪吒

玉虚镇教奇宝灵珠子的化身，陈塘关总兵官李靖与殷夫人的第三子。后任姜子牙伐商的先行官，能变化成三头八臂，拥有乾坤圈、混天绫、火尖枪、风火轮、金砖、九龙神火罩、阴阳剑等法宝神器。

十二 痛打老龙王

东海的龙兵见三太子被打死,急忙报告老龙王敖光:"陈塘关李靖的儿子哪吒把三太子打死,连筋都被抽了。"

敖光听完,大惊失色地说:"我儿子是行云布雨的正神,怎么可能被打死!李靖啊李靖,你我也曾有一拜之交,现在你纵子行凶,深仇大恨我怎么能不报!"说完,变成一个读书人的模样,来到陈塘关找李靖对质。

李靖听说故人敖光来访,喜出望外,整理好衣服连忙出来迎接。李靖还没开口,敖光就怒气冲冲地说:"李贤弟,你生了一个好儿子啊!"

李靖赶忙赔笑,问道:"兄长为什么这么说?小弟有三个儿子,都拜了名山有道之士为师,虽说不十分出众,但也不是市井无赖。兄长不要乱说。"

敖光说:"贤弟,你的宝贝儿子不知道用了什么法术,把我的龙宫搅得天翻地覆。我让巡海夜叉出来察看,他就打死了我的巡海夜叉;我的三太子出来察看,又被他打死,还被抽了筋!你不要说不知道!"

李靖赶忙解释:"兄长一定是弄错了。小弟的大儿子在五龙山,二儿子在九宫山,小儿子才七岁,他们不可能犯下这样的大错。"

敖光

龙族之王，四海龙王之首。他统治东海，主宰着人间的雨水、雷鸣、海潮、海啸等气象。

敖光说："就是你的小儿子打死了我的儿子和巡海夜叉！"

李靖不相信这是真的，来到后园找哪吒。他还没开口，哪吒就把自己打死敖丙和夜叉的事说了出来。李靖听完，吓得脸都变了色，赶忙领着哪吒来向敖光道歉。敖光当然不肯接受，临走前留下狠话，要把李靖父子的罪行上报天庭，让玉帝裁决。

李靖被敖光的话吓得不知所措，对夫人说："没想到哪吒竟然犯了这么大的错。现在敖光要把我们告到天庭，三天之内，我们一定会成为刀下之鬼。"说完，和夫人抱头痛哭。哪吒看到父母这么难过，就跪下说："爹爹，母亲，一人做事一人当，孩儿这就去找师父想办法，绝对不会连累你们的。"

哪吒借土遁来到乾元山金光洞，一进洞就拜倒在地，把自己的所作所为详细说给师父太乙真人听。他不忍心看到父母担惊受怕，恳请师父为他想想办法。太乙真人沉吟良久，在哪吒胸前画了一道隐身符，并告诉了他对付敖光的办法。

哪吒辞别师父，飞到南天门外等待敖光。因为哪吒有隐身符，所以别人看不见他。

哪吒看见敖光穿着朝服径直来到南天门，准备进灵霄宝殿向玉帝告状。他顿时气不打一处来，举起手中的乾坤圈把敖光狠狠地打倒在地，然后又一脚踏住他的后心。

敖光被哪吒踩在脚下，回头时才看到对方，就恶狠狠地说："你这个乳臭未干的小子，打死夜叉，杀害我儿子，现在又在天庭殴打正神，实在是十恶不赦。"

哪吒见敖光不服气，就掀开他的衣服，撕下四五十片龙鳞。原来龙最怕鳞被撕扯，敖光忍受不住，只好求饶。哪吒说："我可以饶了你，但你不许去见玉帝告状。"敖光没有办法，只好答应。哪吒害怕敖光反悔，就逼着他变成一条小蛇，放在自己的衣袖里带着走了。

哪吒回到陈塘关后来见父亲，看到父亲眉头紧锁，愁容满面，于是上前请罪。李靖问："你干什么去了？"

哪吒回答："孩儿刚从南天门回来，请敖光伯父不要去玉帝那里告状。"

李靖不相信哪吒的话，生气地说："你又撒谎！天庭是什么地方，也是你能去的？"

哪吒解释道："父亲不用生气，敖光伯父可以为我做证。"

李靖说："你胡说！你伯父现在在哪里？"

哪吒说："在这里。"说完，把袖里的小蛇扔在地上。敖光摇身一变，又变成读书人的模样。

李靖见了大吃一惊，连忙问："兄长，这是怎么回事？"

敖光气冲冲地把自己在南天门被打的事情说给李靖听，还拿出被撕下的鳞片给他看，然后指着李靖的鼻子说："好你个李靖，生出这样一个小畜生！等我召集四海龙王，一起去灵霄宝殿告状，看你到时候怎么办！"说完，就化成一阵清风离开了。

李靖跺着脚说："这件事越来越不好办了！"

哪吒跪下来安慰父亲说："爹爹，师父说我是元始天尊的法宝灵珠子化身，来到人间有重要的事情要做。如今我把老龙王得罪了，老龙王不肯善罢甘休，等到了关键时刻，相信师父会出面帮我的。"李靖毕竟学过道术，懂得一些玄机，听哪吒这么一说，才稍微放下心来。

十三 太乙真人收石矶

这天哪吒在家中闲来无事,出了后园来到陈塘关的城楼上玩耍。从城楼上望过去,路旁的柳树亭亭如盖,立在骄阳之下纹丝不动,路上的行人热得汗流满面,边走边摆手扇风。

哪吒无意中看到城楼的兵器架上摆着一张弓和三支箭。他拿过弓箭来看,发现上面都刻着文字。原来这弓叫乾坤弓,箭叫震天箭,都是轩辕黄帝①大破蚩尤②的时候流传下来的,现在是陈塘关的镇关之宝。由于是上古的宝物,普通人根本拉不动弓弦。但哪吒天生神力,他弯弓搭箭,冷不丁地向西南方的天边射出了一支震天箭。

谁也没有想到,随意射出的箭竟然误伤了别人,惹出了一桩大麻烦。

原来在陈塘关的西南方向,有一座骷髅山,山上有个白骨洞,里面住着一个叫石矶娘娘的女仙。这天,她的碧云童子挎着花篮

---

① 黄帝:华夏始祖之一,与炎帝、蚩尤并称为中华始祖,中国远古时期的部落联盟首领,五帝之首。姓姬,号轩辕氏。传说是黄帝播百谷草木,发明指南车,定算数,制音律,创医学,发明文字。

② 蚩尤:远古时代九黎族部落酋长。黄帝战胜炎帝后,与蚩尤的部落发生战争,蚩尤战死。

石矶娘娘

封神榜上的月游星君。她住在骷髅山白骨洞，原形为玄黄时期的顽石，修炼万年得道的妖仙，截教通天教主的徒弟。武器为太阿剑、八卦云光帕（可召唤黄巾力士）、八卦龙须帕，坐骑是青鸾，座下有碧云童子和彩云童子。

正在山崖下采药，不幸被哪吒射出的箭击中喉咙，当场死亡。和他一起的彩云童子急忙跑回洞里向石矶娘娘报告。

石矶娘娘听说弟子中箭而死，连忙出洞查看。她仔细观察那支箭，发现箭的翎花上写着"镇陈塘关总兵李靖"几个字，就大骂起来："李靖，当年你修道不成，是我在你师父面前建议你下山享受人间富贵。你现在做了大官，不来报答我，反而射死我的弟子，真是恩将仇报！"说完要去陈塘关找李靖问罪。

只见金霞当空，彩云飘荡，石矶娘娘乘青鸾①飞临陈塘关上空。她大喊："李靖出来见我。"

李靖走出房门，见是石矶娘娘，就倒身下拜："弟子李靖不知道是娘娘驾到，有失远迎，还望娘娘恕罪。"

---

① 青鸾：古代传说中凤凰类的神鸟。其中，赤色的叫凤，青色的叫鸾。通常都是神仙的坐骑。

石矶没好气地说："李靖，你做的好事，别在这里假仁假义了！"她将八卦云光帕往下一扔，召来黄巾力士，然后命令黄巾力士把李靖抓回白骨洞。

来到白骨洞，李靖问："娘娘，弟子不知道犯了什么过错。"

石矶说："你恩将仇报，用震天箭射死我的弟子，还敢不承认。"

李靖问："箭在哪里？"

石矶命人将箭拿来。李靖接过来一看，发现竟然是震天箭，大吃一惊："娘娘，这震天箭和乾坤弓都是轩辕黄帝流传下来的镇关之宝，没有人能拿得起，更不要说拉弓放箭了。还请娘娘让弟子回去调查，找出真正的射箭之人。如果找不出这个人，到时再拿我治罪也不迟。"石矶想了想，认为李靖的话倒也有些道理，就放他回去调查。

李靖借土遁之术回到陈塘关。他一路上思前想后，实在想不出谁能拉动乾坤弓，最后不由得怀疑，难道又是哪吒闯了祸？一到家里，李靖立刻让人找来哪吒询问。

谁知，哪吒不仅承认震天箭是自己射的，还来到城墙上

🔥 青鸾

一种鸟类神兽，女仙坐骑，女娲娘娘、云霄仙子、龙吉公主、石矶娘娘等都乘坐青鸾。

又射出了一箭。李靖气得大叫一声："逆子，你打死东海三太子的事还没了结，现在又去惹事！"

哪吒不知道发生了什么事，就问："爹爹，孩儿不知道又做了什么错事？"

李靖说："你射出的震天箭杀死了石矶娘娘的弟子，她刚才还把我捉去了，要我偿命。后来经过我一番解释，才答应放我回来，让我找出真正的射箭人，没想到却是你。你自己去和她解释！"

哪吒听了哈哈大笑："爹爹息怒，石矶娘娘现在在哪里？我怎会无缘无故射死她的徒弟，不要口说无凭诬赖人。我这就去找她。"于是，父子二人驾土遁来到骷髅山。

石矶听李靖说是自己的小儿子惹的祸，人正在洞外等候发落，就让彩云童子出去叫哪吒。哪吒听见有人从洞里走出，就先下手为强，用乾坤圈砸伤了彩云童子。石矶见哪吒再次伤害自己的门人，勃然大怒，手提太阿剑冲了出来。

哪吒不知道石矶娘娘的厉害，还像之前一样举起乾坤圈就打。哪知道石矶娘娘用手一下子接住了乾坤圈。哪吒又扔出混天绫，想裹住石矶，石矶轻轻一拂袖便把它收走了。

石矶笑着说："哪吒，把你师父送你的法宝都使出来吧，看看我能不能应付！"哪吒没了法宝，只好逃跑。石矶娘娘在后面紧追不舍。

哪吒一路上用尽法术拼命奔逃，始终摆脱不了石矶，只得跑进乾元山金光洞，求师父太乙真人救命。太乙真人听说哪吒又闯下大祸，当下一阵恼怒，但又不能见死不救，于是让哪吒在洞里等着，自己到外面和石矶娘娘理论。

太乙真人看到石矶怒气冲冲，手提宝剑而来，赶忙上前说："道友,贫道有礼了。"

石矶也打了个稽首,说:"道兄,你的弟子仰仗着你教的道术,害了我两个童儿,还要用乾坤圈和混天绫来伤我。道兄如果把哪吒交出来,我立刻回山,咱们化干戈为玉帛,否则别怪我无礼。"

真人说:"哪吒就在我的洞里。道友要他出来不难,但要经过我们阐教[①]教主元始天尊的同意。"

石矶冷笑着说:"难道你们的教主就可以纵容弟子行凶,杀我的徒弟吗?我石矶是好欺负的吗?"

真人又说:"道友,如今天下间,殷商气数已尽,周室就要兴起,哪吒将来要作为姜子牙的先行官为反商大业出力。希望你不要再追究这件事,回到洞府,这件事就此结束了吧。"石矶大怒,手执宝剑向真人劈面砍去。太乙真人让过宝剑,向昆仑山方向下拜,自言自语说:"弟子今天要开杀戒了。"说完,把自己的镇洞法宝九龙神火罩抛到空中,把石矶罩到里面。

只见真人口中念念有词,九条火龙盘绕在罩内,一声巨雷,石矶的原形被逼出来,原来是一块修炼多年的石头。太乙真人见石矶已死,收回了法宝,又把乾坤圈和混天绫交给哪吒。他对哪吒说:"顽童!眼下四海龙王已经来到陈塘关,要捉你父母,你赶紧回家搭救他们。"

哪吒听说父母有难,大哭着一路奔回陈塘关。只见四海龙王敖光、敖顺、敖明、敖击捉住了李靖夫妇,正等在庭院中。哪吒为了不连累父母,上前说道:"一人做事一人当。是我打死了敖丙

[①] 阐教:《封神演义》里虚构的门派,教主是元始天尊,与通天教主的截教相对立。

和李艮，理当偿命。但这事跟我爹爹和娘亲无关，你放了他们，我会自行了断。"

四海龙王听了，说："这样也行，我们答应你。"哪吒便当场拔剑自刎。

四海龙王见哪吒已死，就放过了李靖夫妇。李靖夫妇看着死去的哪吒，痛不欲生，可怜他才七岁就这样鲁莽地丢了性命。

十四 哪吒重生

哪吒死后，他的魂魄随风飘飘荡荡来到乾元山。太乙真人听到金霞童子来报，出洞对哪吒说："这里不是你的安身之所。你回陈塘关，托梦给你的母亲，让她在距离陈塘关四十里外的翠屏山给你造一座行宫。你在那里受三年香火，就可以重回人间了。"哪吒领命而去。

哪吒的魂魄飘回陈塘关给母亲托梦。殷夫人梦醒后大哭一场，把梦中的事情告诉了李靖。李靖因为哪吒三番四次地惹祸，怒气还没有消，听说哪吒又来梦中骚扰，更是生气，坚决不同意为他建造行宫。殷夫人思儿心切，见李靖不同意，就背着他在翠屏山造了哪吒行宫。

哪吒有了行宫，显灵为当地老百姓做了很多好事，渐渐地，哪吒的名气越来越大，很多远方的百姓都慕名前来进香。

半年后，东伯侯姜文焕替父报仇，率领四十万大军在游魂关与窦融展开大战。李靖来到翠屏山附近操练兵马，做应战准备，以防敌军进攻。一天，李靖看到有很多人扶老携幼到山里进香。他不解地问："为什么有这么多人来翠屏山呢？"

军政官回答："半年前，有一个神仙在这里显圣，来这里进香的百姓愿望都得到了满足，因此这里名气越来越大。"李靖感到很好奇，就骑着马跟随进香的人去看个究竟。

李靖来到行宫前，只见匾额上写着"哪吒行宫"四个字，勃然大怒，立即走进大殿，把上面供奉的哪吒金身打得粉碎，驱散了进香的百姓，还让人放火烧了行宫。

哪吒的元神从外面归来，看到自己的行宫已经化为灰烬，就质问行宫的鬼判①。鬼判把事情的前后经过说了一遍，哪吒听了十分生气，认为自己已经把身体和性命还给了父母，和李靖没了关系，他就不该无故打碎金身，烧毁行宫。哪吒一时不知道该去哪里安身，思前想后，决定还是去乾元山找师父。

太乙真人听了哪吒的话，也认为李靖做得不对。他知道姜子牙马上就要下山了，哪吒需要有一副躯体，就摘取了莲花和荷叶，用它们摆出人形，并将一粒金丹放在正中，口中念念有词，最后大喝一声："哪吒不成人形，更待何时！"再看这莲花、荷叶，突然变作了哪吒的模样。重生的哪吒身高一丈八尺，眼神露出精光，看上去神气十足。

哪吒刚重获新生，就要下山找李靖报仇。太乙真人虽然不希望他们父子变成仇敌，但知道可以趁这个机会磨炼哪吒。他把火尖枪、风火轮、乾坤圈、混天绫和金砖交给哪吒，同时还传授给他火尖枪枪法和灵符秘诀。哪吒学会之后就辞别师父，下山去了。

哪吒径直来到陈塘关帅府，大喊着要找李靖报仇。李靖看到哪吒竟然活过来了，又惊又喜。但是眼前的哪吒跟之前的七岁孩童已经大不相同了。哪吒见到李靖，说："李靖，你为什么要捣毁我的金身，烧掉我的行宫？今天我要报这个仇！"说着脚踏风火轮，

---

① 鬼判：迷信中阴间的杂差，平时受到神仙的差遣。

挺起火尖枪刺过去。

李靖当然不是哪吒的对手,几个回合后就累得筋疲力尽,汗流浃背,只好骑马逃跑。哪吒踏着风火轮在后面穷追不舍。李靖见势不妙,连忙使用土遁术,可还是没能甩掉哪吒。

李靖跑着跑着,被一个道童拦住,仔细一看,原来是二儿子木吒。木吒将父亲护在身后,上前劝哪吒不要违背天理追杀父亲,但哪吒根本听不进去。于是兄弟二人各施法术,一来一回地打了起来。

哪吒担心一旁的李靖跑了,就拿金砖把木吒砸倒在地,掉转枪头要来杀李靖。

李靖拼命逃窜,跑着跑着,见自己躲不过去了,便干脆停了下来。他怎么也没想到会被自己的儿子追杀,心中唏嘘不已,就拔出宝剑准备自刎。他刚要动手,听见有人大喊一声:"李将军不要冲动,贫道为你解围!"

李靖顺着声音的方向看去,认出来者正是大儿子金吒的师父文殊广法天尊。天尊让李靖躲进洞去,自己站在那里等哪吒。

哪吒看到李靖不见踪影,却有一个道人站在山坡上,就上前询问:"道长,你看见一个将军从这里过去吗?"

天尊说:"刚才李将军进了我的云霄洞。"

哪吒说:"你快点让李靖出来,否则你就要代替他吃我三枪。"

天尊笑呵呵地说:"你是谁家孩子?竟敢在我面前口出狂言。"

哪吒毕竟还小,不知道山外有山、人外有人的道理,回答道:"我是乾元山金光洞太乙真人的徒弟哪吒,你赶快交出李靖。"

天尊哈哈大笑:"我从来没听说过太乙真人有个叫哪吒的徒弟,你要是再在我面前撒野,小心我把你吊起来打三年。"

哪吒不知好歹，挺枪刺向天尊。天尊让过枪头，把袖里的宝物遁龙桩扔向天空。刹那间，飞沙走石，黑云蔽日，哪吒一时看不清方向，突然自己的脖子和四肢分别被金环套住，身体被困在一根金柱子上，根本无法动弹。天尊见哪吒被法宝制伏，就让金吒取出扁拐，把哪吒一顿痛打。

就在哪吒挨打的时候，太乙真人驾云来到。哪吒看到师父出现，急忙大喊救命。太乙真人也不理他，走过去向天尊打了个稽首，说："天尊，我这徒儿杀气太重，所以让他下山经历一番磨炼，谁知得罪了天尊。"天尊听了便让金吒放了哪吒。

太乙真人把李靖叫了过来，对他说："翠屏山的事，确实是你的不对。如今你们父子要放下陈年旧怨，不要再起冲突。"可哪吒内心还很不服气，气得在一旁抓耳挠腮，只是顾忌师父和师伯在场，才勉强答应。

其实真人早就知道哪吒不会善罢甘休，因此李靖刚走没多久，他故意让哪吒也离开。

哪吒下山来，马上去追赶李靖，不一会儿就追上了他。李靖认为自己这次死定了，就在绝望的时候，一个道人及时出现，把李靖挡在身后。

哪吒刚吃过亏，因此这次比较小心，客气地请道人把李靖交给自己。道人说："你刚才在文殊广法天尊那里刚刚答应放过李靖，现在又反悔继续追杀，就是你的不对了。"

哪吒气急败坏地说："不关你事，今天抓不到李靖，就难消我心头之恨。"

道人闪到一旁，对李靖说："你现在就去和他打斗。"

李靖摇着头说："哪吒力大无穷，末将打不过他。"

道人在李靖的肩膀上轻轻一拍,说:"不要怕,有我在此,你不会输的。"

于是,李靖只好硬着头皮和哪吒打起来。可这次,李靖突然浑身充满力量,哪吒反而渐渐体力不支,招架不住了。

哪吒暗想,先前李靖明明不是我的对手,现在却突然有了力量,一定是这个道人暗中做了手脚。哪吒心中恨道人帮忙,就突然把枪头刺向道人。

道人闪到一旁,对哪吒说:"你这孽障,怎么突然用枪刺我?"

哪吒说:"就是你暗中帮助李靖,我才打不过他。"说完,又刺向道人。

燃灯道人

玉虚教主元始天尊的弟子,仙府在灵鹫山元觉洞。他有两名弟子,分别是李靖和大鹏羽翼仙(徒弟兼坐骑),法宝为七宝玲珑塔、紫金钵盂、乾坤尺、二十四粒定海珠、琉璃灯、一百零八颗念珠等。

只见道人向天空抛出一个七宝玲珑塔,立即把哪吒扣在塔中,然后双手一拍,塔里又燃起了熊熊大火,把哪吒烧得大喊救命。

道人哈哈大笑,说:"我是灵鹫山元觉洞燃灯道人。你身上杀性太重,是你师父请我来去去你的杀性。你还认不认父亲了?"

哪吒知道自己不是燃灯道人的对手,只好嘴上答应,打算等他离开，再找李靖报仇。哪知道燃灯道人把七宝玲珑塔交给李靖，还传授给他口诀。哪吒这才死了心，认了李靖。

于是李靖父子四人相认团聚。李靖听从燃灯道人之命，辞官隐居，以等待即将出山的姜子牙，为兴周灭商贡献力量。

文殊广法天尊

玉虚教主元始天尊的弟子，昆仑玉虚十二仙之一，金吒的师父。坐骑为青狮，有法宝遁龙柱（又名七宝金莲）、扁拐、捆妖绳等。

十五 姜子牙下山

这一天，昆仑山玉虚宫的元始天尊命令白鹤童子把徒弟姜子牙叫来。姜子牙来到天尊面前，倒身下拜。天尊问："你来昆仑山学艺多少年了？"

姜子牙回答："弟子三十二岁上山，今年已经七十二岁。"

天尊说："你生来命薄，难以修成仙道，只能享受人间富贵。现在殷商气数已尽，周室将兴，到了你下山辅佐明主，成就功业的时候了。"

姜子牙舍不得离开，请求道："弟子不贪恋人世间的荣华富贵，希望恩师准许我继续留在山里修炼。"

天尊说："各人有各自的前程，你不要再推辞了。"

姜子牙还是恋恋不舍，南极仙翁站出来说："子牙，此次下山机会难得。等你功成名就之时，自会有再次上山的机会。"姜子牙没有办法，只好收拾行李，含泪辞别天尊和众位道友。南极仙翁送他到了麒麟崖，然后也告别离去。

姜子牙在世间已没有父母兄弟、叔伯子侄，只在朝歌有一个叫宋异人的结拜兄弟，因此打算投奔他而去。

姜子牙借土遁术来到宋家庄。宋家庄距离朝歌南门不过三十里。宋异人和姜子牙整整四十年没有见面，这一相见，格外高兴。

南极仙翁

玉虚教主元始天尊的弟子，他的徒弟兼坐骑白鹤童子是元始天尊的侍童。仙翁有时候也骑仙鹿出行，法宝是五火七翎扇。

两个人边吃边谈。

宋异人问子牙："贤弟上昆仑山，学得了什么道术？"

子牙说："我天资不高，在山中整日挑水、浇松、种桃、烧火、扇炉、炼丹。"

宋异人笑着说："这些不过是一些杂务，算不得什么道术。如今贤弟既然回来，就在我家住。我和你情同兄弟，不要跟我见外。"说着，宋异人还提出要给姜子牙找个妻子。

原来距离宋家庄不远有个马家庄，马家庄的马员外有一个六十八的女儿一直没有出嫁。于是在宋异人的撮合下，姜子牙就和马氏结婚了。

姜子牙结婚后，仍然整日想着昆仑山，心中快快不乐，对谋生养家一事毫不放在心上。一天，马氏对姜子牙说："如今依靠宋大哥，我们夫妻俩衣食无忧。可天下没有不散的宴席，如果有一天宋大哥不在了，我们又该如何生活。我劝你找个谋生的行当，为将来做打算。"

可姜子牙四十年来都在昆仑山修道，只会编笊（zhào）篱，于是就砍了些竹子，编成笊篱拿到集市上卖。他在市场上从早站到晚，结果一个笊篱也没卖出去。马氏认为姜子牙偷懒，和他吵起架来。

宋异人看姜子牙夫妻吵架，就出来劝解："贤弟，不要说只养你们夫妻两个人，就是再多二三十口人，我也养得起啊。这样吧，我的粮仓里还有很多麦子，你们不妨磨些面粉到市场上去卖。"

姜子牙支起石磨把麦子磨成面粉，第二天挑到市场去卖。一天下来，他挑着担子走遍了四个城门，却连一个向他买面粉的人都没有。就在姜子牙灰心丧气，打算回家时，终于有人来买面粉了。可这个人只要一文钱的面粉。卖一文钱的面粉，和没有卖几乎没有什么区别，但姜子牙又不好不卖。

他刚刚把担子放下，就有一伙骑马的士兵飞驰而过，其中一匹马把他装面粉的箩筐撞翻在地上。一阵狂风吹过来，地上的面粉被刮个一干二净，姜子牙自己也变成了面人。他回家后，又遭到马氏的冷嘲热讽。

宋异人听了子牙的遭遇，把他请到书房，为他另想对策。他说："我在朝歌城里有三十五家饭店。我准备邀请店里的朋友过来，让他们轮流将

白鹤童子

元始天尊的随身童子，南极仙翁的弟子，玉虚宫三代弟子中的大师兄，真身为一只白鹤。

店面交给你开一天。这样周而复始,每日轮转。"

子牙却说:"多谢兄长关照,只是我时运不济,注定一事无成。"

见子牙灰心丧气,宋异人鼓励道:"黄河尚有澄清日,岂可无人得运时。贤弟不要把一时的失败放在心上。"他便将南门的张家饭店交给姜子牙做第一天试运营。

南门这里行人往来如织,而且靠近黄飞虎将军练军的教场,平日里顾客络绎不绝。子牙命人早早宰猪羊、蒸点心,准备好了各种饭菜。结果到午饭时分,天下起大雨,黄飞虎的军队没出城操练,一个顾客也没上门来。加上天气炎热,饭菜很快就馊了,酒肉也都酸了。

讲义气的宋异人又出资让姜子牙贩卖家畜,结果所有的家畜都被官兵没收。

姜子牙的生意全部赔了本,使得他更加闷闷不乐。宋异人为了安慰兄弟,就陪他来到后花园喝酒散心。姜子牙打量了一下这个场所,对宋异人说:"仁兄,这块空地这么大,为何不建一座五间楼?"

宋异人说:"实不相瞒,我在这里已经建了七八次,可不知道为什么,每次都被火烧毁了。"

姜子牙笑了笑说:"小弟为仁兄挑一个吉日建楼,管保没事。"

姜子牙选好日子,宋异人命人破土动工。当楼建到一半的时候,突然狂风大作,飞沙走石。姜子牙坐在牡丹亭中察看,见是五个妖怪在作怪。于是他披发仗剑,用剑一指,大喝一声:"孽障还不现形,更待何时!"天空中顿时雷声轰鸣,五个妖怪慌忙跪倒在地,哀求道:"小的不知道上仙大驾光临,希望上仙高抬贵手,饶恕我们。"

姜子牙说："你们这些孽畜，多次烧毁楼房，今天我要铲除你们，为民除害。"

妖怪们恳求说："上仙，看在小畜们得道多年，又没有残害生灵，饶过我们这次吧。否则我们多年的修炼就要付诸东流了。"说完不停地磕头求饶。

姜子牙叹了口气，说："好吧，今天我可以放过你们，但罚你们去西岐山搬运泥土，到时候自有用处。"五个小妖连忙磕头谢恩，往岐山去了。

元始天尊

阐教教主，洞府为昆仑玉虚宫。鸿钧老祖座下的二弟子，与老子和通天教主为同门师兄弟，三友之一。

姜子牙

昆仑山玉虚宫元始天尊的弟子，因无缘修仙成道，下山辅佐武王反商伐纣。后代理封神，敕封三百六十五路正神。

十六 火烧琵琶精

宋异人来到后花园,问刚才发生了什么事。姜子牙就把自己降伏五妖的经过说给宋异人听。宋异人听了笑着拍手说:"贤弟有这样的道术,果然没有白白修炼啊。这样吧,我在城里有很多空房屋,你选一间开一家算命馆,一定会赚钱的。"

姜子牙挑了一个吉日,选择朝歌城南门附近一家店面开张营业。一连过了四五个月,一个来找他算命的都没有。

有一天,一个叫刘乾的樵夫挑着柴经过南门,看到了姜子牙的算命馆。他走进来,看到算命馆里贴着这样一副对联:"袖里乾坤大,壶中日月长",见馆主人伏案大睡,便把桌子一拍。

姜子牙吓了一跳,惊醒过来,看到眼前站着一个身高一丈五、眼露凶光的大汉,就问道:"您是要算命吗?"

刘乾说:"先生怎么称呼?"

姜子牙回答:"在下姓姜,名尚,字子牙,别号飞熊。"

刘乾问:"先生馆里贴的对联是什么意思?"

姜子牙回答:"这'袖里乾坤大',是说我能知过去未来;'壶中日月长',则是说我会长生不老的法术。"

刘乾不服气地说:"先生真会吹牛皮。既然你说能知过去未来,就来为我算一算吧。如果算得准,我给你二十文钱;如果算得不准，我就拆了你的算命馆。"

姜子牙笑了笑，开始推算。不一会儿，他对刘乾说："你一直往南走，会在柳树下遇到一位老者。他会送给你一百二十文钱，还有四个点心和两碗酒。"

刘乾摇着头说："我打了二十多年的柴，从来没有人给我点心和酒。你算得太不准了。"

刘乾一走，有些人就对姜子牙说："先生，刘乾这个人不好惹，您还是快点离开这里吧。"

姜子牙只是淡淡一笑，说："没关系。"

刘乾挑着柴往南走，果然看到一个老人站在柳树下。老人招呼刘乾过去，要买他的柴。刘乾暗中吃了一惊，为了让姜子牙的推测出错，他故意少要了二十文钱。

刘乾帮助老人把柴挑回家，老人为了感谢他，捧出四个点心和两碗酒送给他吃。由于老人的家里在办喜事，他又额外给了刘乾二十文喜钱，加上卖柴的一百文，刚好是一百二十文。刘乾此时对姜子牙心悦诚服，拿起扁担径直向算命馆走去。

刘乾一看到姜子牙，连连称赞他是活神仙。为了宣扬姜子牙的本领，刘乾又从街上拉了一个陌生人来算命，结果那人的经历和姜子牙的推算完全一致。从这以后，朝歌没有人不知道姜子牙的算命馆，士兵和百姓都来找他算命，姜子牙一律只收五钱。马氏见姜子牙能够赚钱养家，满心欢喜。宋异人见了也十分高兴。

南门外轩辕坟中的玉石琵琶精经常往来朝歌，既是看望她的姐姐千年狐狸精妲己，也是为了在宫中挑几名婢女侍从来吃。这天，琵琶精从王宫出来，驾着妖光经过南门时，看到姜子牙的算命馆人声鼎沸，一时好奇，决定进去试探一下姜子牙的法力。琵

玉石琵琶精

轩辕坟三妖之一，由千年的玉石琵琶修炼成精，九尾狐狸精与九头雉鸡精的义妹。后入宫，人称"玉贵人"，与妲己、胡喜媚一起迷惑纣王。

琶精变成一个妇人的模样，来到姜子牙面前，让他为自己算命。

姜子牙定睛一看，发现面前站着的是一个妖精，决定借机除妖。他一把掐住琵琶精手上的脉门，用元气定住她的妖光。

琵琶精知道事情不好，大喊着姜子牙非礼自己。围观的群众不明就里，纷纷谴责姜子牙，要他松开手。可姜子牙知道一旦松手，再想除妖就不容易了。他的手边没有兵器，桌上只有一方砚台，便举起砚台把琵琶精砸死了。为了不让妖精变化脱身，姜子牙仍然掐住对方的脉门不放。

亚相比干这时候刚好路过算命馆，听见里面有人喊"杀人了"，连忙带人进去察看。他听了围观百姓的叙述，又看到地上死去的妇人，勃然大怒，命人把姜子牙立即拿下。见姜子牙不肯放开妇人的手，比干说："你一个胡须全白的老者，竟然罔顾国法，平白无故打死人。还不把手松开！"

· 074 ·

火烧琵琶精

姜子牙说:"大人,这不是普通女子,而是一只修炼多年的妖精。我现在掐住她的脉门,才能控制住她。如果我松开手,妖精逃跑,我就没法解释清楚了。"比干只好让人押着姜子牙和女尸一起入宫,让纣王发落。

妲己听说琵琶精遇害,心里十分难过,打算为她报仇。她怂恿纣王将姜子牙和琵琶精的尸体一同带到摘星楼。纣王看了看女尸,又看姜子牙,好奇地问:"你是何人?"

姜子牙回答:"大王,小民叫姜子牙,懂得一些仙家道术。今日这个妖精不知深浅,故意来试探小民,小民趁机抓住了她。"

纣王说:"我看这个女人不像妖怪精啊,你怎么证明她是妖精呢?"

姜子牙回答:"大王不必着急,只需派人取来木柴,小民就会让此妖现出原形。"

姜子牙在琵琶精的头顶贴上符咒,这样就可以镇住她的原形。然后把她的尸身放在铺好的木柴上,点燃了木柴。大火烧了两个时辰,女尸浑身上下却一点变化都没有。

纣王对比干说:"这具女尸烧了这么久都没有被烧焦,果然是个妖精。"

比干说:"大王,看来这个姜子牙的确是个有法术的高人。不妨让他逼出妖精的原形。"

纣王也想看清楚这是个什么妖精,就对姜子牙说:"你能让这个妖精现出原形吗?"

姜子牙微笑着说:"当然可以。"

纣王滥杀无辜 十七

姜子牙知道普通的火焰是无法使琵琶精现出原形的,便施展法术,从眼睛、鼻孔和嘴里喷出三昧真火。这下琵琶精可受不了了,她从火焰中站起来,大骂道:"姜子牙,我和你无冤无仇,你怎么用三昧真火来烧我?"

在场观看的人听见"死人"说话,都吓得大惊失色。姜子牙对纣王说:"大王,请注意,雷来了!"

姜子牙张开双臂,念起咒语。只听一声雷响,闪电劈向火堆,火立刻熄灭,中间现出了一面玉石琵琶。纣王惊慌失措地对妲己说:"妖怪现出原形了。"

妲己见自己的姐妹遇害,心如刀绞,对姜子牙恨入骨髓。为了方便日后找机会报仇,妲己装模作样地对纣王说:"大王,这个姜子牙看起来有些法术,不妨封给他个官职,留在朝中保护大王。还有这个玉石琵琶看来不是凡间之物,不如让臣妾为它配上琴弦,用它为大王弹琴取乐。"纣王点头同意,封姜子牙为下大夫,在司天监任职。

妲己把玉石琵琶放在摘星楼上,采天地灵气,受日月精华,为了有朝一日让琵琶精复活。

一天,纣王和妲己在摘星楼饮酒作乐,妲己起身跳了一支舞,三宫六院的妃嫔和宫女都在一旁喝彩。却有七十二名宫人,非但不跟着喝彩,反而偷偷地流眼泪。妲己看见了,立即停止歌舞,查问是怎么回事。原来这些人从前都是跟随姜王后的。

妲己大怒,说:"你们的主人因为密谋造反,已经被杀,你们这些人心怀不满,早晚要成为后宫的祸患。"纣王听了妲己的蛊惑,就下令把这些宫人金瓜击顶。

可妲己认为金瓜击顶不足以泄愤,就对纣王说:"大王,暂且先把这群乱党关起来,臣妾另外想到了一个惩罚她们的好办法。大王不妨下令,在摘星楼下挖一个大坑,限令每家都交纳四条毒蛇,全都放进大坑,然后把这群逆贼扔进坑里喂毒蛇。这个刑罚的名字就叫'虿①盆'。"

没想到纣王对妲己的坏主意赞不绝口,立即下旨要求全城百姓献蛇。大臣们看到交蛇的榜文,都莫名其妙,不知道纣王的意图。

当蛇全部交齐后,妲己就让纣王下令把宫人们剥光衣服,扔到虿盆里。大夫胶鬲听说这件事后,既震惊又愤怒,立即赶到摘星楼,大声喊着要求面见纣王。

纣王叫侍卫放胶鬲进来,胶鬲跪在地上泣声说道:"大王屡次用残酷刑罚惩处官员百姓,如今民心向背,殷商王室政权岌岌可危。再说这七十二名宫人犯了什么大过错,竟然要被丢进坑里喂毒蛇,大王于心何忍。自古以来,从未有过如此惨绝人寰的酷刑。大王不修仁政,行事一天比一天暴虐,天下即将刀兵四起,国家将永无宁日。望大王能够及时醒悟,赦免宫人,还朝政以清明。"

纣王正兴高采烈地等着看宫人们掉入虿盆后痛苦挣扎的模样,突然遭到胶鬲劈头盖脸的痛骂,立即火冒三丈,下令先把胶鬲投入虿盆。

---

① 虿(chài):蝎子一类有毒的虫。

胶鬲大骂纣王昏庸无道，之后就从摘星楼上一跃而下，摔得粉身碎骨。纣王还不解恨，又命人把他的尸体扔进虿盆。七十二名宫人也没有逃过大难，葬身于虿盆的毒蛇之口。

建造虿盆之后，妲己又对纣王说："大王不妨再下旨意，让人在虿盆两边各挖一个池子，一个池子里种上树，在树枝上挂满肉片；另一个池子则装满美酒。这样大王就有吃不完的肉，喝不完的酒了。"纣王很喜欢这个"酒池肉林"的主意，立即下令让人去办。

妲己仍日日想着为琵琶精报仇，为了陷害姜子牙，就画了一张图纸拿给纣王看。只见上面画着一个高四丈九尺，亭台楼阁耸立，极尽奢华的高台，妲己将其命名为"鹿台"。

妲己对纣王说，鹿台建好后就会有仙人来做客，从而保佑纣王长生不老。纣王听了妲己的话心花怒放，问该派谁来监造鹿台。妲己当即推荐了姜子牙。纣王便派人宣姜子牙进宫。

姜子牙此时居住在比干的家里。这天使臣来宣旨，比干高兴地向他道贺，说纣王就要重用他了，姜子牙听了沉默不语。

临行前，姜子牙对比干说："大人，您一直都很照顾我，今天即将告别，不知道什么时候才能回报您。"

比干听了姜子牙的话，感到很意外，就问："先生为什么这么说？"

姜子牙回答："我今早占卜，发现此行凶多吉少。"

比干笑着说："大王派人来找你，一定是为了重用你，这是好事啊。"

姜子牙没有多加解释，只是神秘地对比干说："大人，我写了一个帖子，压在书房的砚台下面。如果大人日后有难，可以拿出来看看，按照上面写的去做，也许可以帮助您摆脱厄运。"

姜子牙出朝歌 十八

姜子牙来到摘星楼，看了鹿台的图样，知道这是妲己故意要害自己。

纣王问姜子牙："这样一项工程需要多久建好？"

姜子牙说："此台建造起来繁杂浩大，至少需要三十五年才能竣工。"

纣王听了刚要打消念头，妲己连忙说："大王，姜子牙这个人只会一派胡言。建造鹿台根本用不了三十五年，他这是欺君罔上，应当用炮烙处死。"纣王竟然相信了。

姜子牙感叹了一声，说："当下国运艰难，百姓深受水旱灾害，民不聊生。大王不仅不体察民情，为百姓谋福祉，反而沉迷酒色，亲小人，远贤臣。如今听信妖女的话，要大兴土木，压榨万民，臣不知道大王还有什么荒唐事是干不出来的。"

纣王大骂："大胆匹夫！竟敢辱骂天子！"当即喝令左右侍从将姜子牙拿下，碎尸万段。

姜子牙来摘星楼之前，就已经做好了逃离朝歌的准备。当纣王的人拥上前来时，姜子牙转身往楼下跑去。他穿过龙德殿、九间殿，跑上九龙桥，接着跳进水里，不见了踪影。

上大夫杨任听说姜子牙投河，来找纣王询问缘故。当他得知纣王要建造鹿台时，也劝纣王多为老百姓考虑，不要再兴师动众兴建奢侈的宫殿。

杨任又说："大王眼下有四大隐患，其中三害在外，一害在内。外三害：一是东伯侯姜文焕，他领兵百万攻打游魂关，与朝廷交战已三年，朝廷几乎无力负担守军的军饷粮草了。二是南伯侯鄂顺，因为大王无故杀了他的父亲，也率领大批人马日夜攻打三山关，守关的邓九公叫苦不迭。三是闻太师远征北海已有十多年，至今胜负未分，生死未卜。这内部一害，就是朝中奸佞小人当道，后宫妖人蛊惑君心。愿大王洞察其中利害关系，挽救殷商社稷于危难之中。"

杨任

清虚道德真君的弟子，拥有一双天眼，能上看天庭，下观地底，中识人间百事。常用法宝为五火七禽扇，兵器为飞电枪，坐骑是云霞兽。

纣王听了毫不动心，反而大发雷霆，要处死杨任。后又考虑他曾经立有功劳，就让人挖去他的双目，饶过一命。

杨任一片忠肝义胆，却遭受如此待遇，他的怨气直冲云霄，惊动了路过的青峰山紫阳洞清虚道德真君。真君被杨任所感动，命令黄巾力士去救杨任回山。力士飞到摘星楼上空，刮起三阵神

清虚道德真君

玉虚十二仙之一，道场在青峰山紫阳洞。徒弟为黄天化和杨任，侍童是白云童子。法器包括八棱亮银锤、混元幡、飞电枪、五火七禽扇、莫邪宝剑、攒心钉、收标花篮等；坐骑有玉麒麟、云霞兽。

风，将杨任带走了。

纣王见了感叹道："我之前要斩太子时，他们也被风带走了。也许这种事很常见，不足为怪。"

黄巾力士将杨任救回紫阳洞后，真君让白云童子从葫芦里取出两粒仙丹，在杨任的眼眶里各放了一枚，然后吹了口仙气。只见杨任的眼眶里长出了两只小手，每只手的手心都有一只眼睛。这双神眼向上可以看到天庭，向下可以看到地底，中间能看到人间的各种事情。杨任拜谢真君，从此跟着真君在紫阳洞学习道法。

姜子牙既然已经投水，妲己便推荐崇侯虎来负责监督建造鹿台。崇侯虎为了讨好纣王和妲己，制定了极为苛刻的条令，要求各个州府的老百姓，每三人就要抽出两人来建造鹿台。由于建造鹿台的工程过于繁重，累死在工地上的百姓不计其数。士兵不顾一切挨家挨户地抓人，一时间万民惊恐，很多人都扶老携幼逃离殷商。

再说姜子牙借水遁逃回宋家庄，把事情的详细经过告诉了马氏和宋异人。马氏听说姜子牙不做官了，就大骂他没有出息。当她听说姜子牙打算离开殷商，投奔西岐时，坚决不肯和他一起走，夫妻俩激烈地争吵起来。

宋异人看两个人吵得难解难分，就把姜子牙拉到一边，说："贤弟，马氏既然不愿同你离去，就不要再强求。以你的本领，何愁找不到佳偶。"

姜子牙说："马氏毕竟和我夫妻一场，实在不忍心离开她。"

宋异人说："心去意难留，你还是随她去吧。"

姜子牙没有办法，就对马氏说："娘子，我写了封休书，如果我拿着，日后还有相聚的机会；如果你拿去，咱们就再也不会相见。"马氏对姜子牙已经没有任何感情，一把接过休书，头也不回地离开了。

姜子牙辞别宋异人，一路向西行走。当他来到临潼关时，看到七八百个从朝歌奔逃出来的百姓在痛哭。姜子牙上前询问原因，其中有些人认识姜子牙，哭着对他说："姜大人，因为崇侯虎监造鹿台，到处抓苦力，很多人都累死在施工现场。我们没有办法，只好背井离乡投奔西岐。可这里的守军说什么也不打开关门，放我们西去。如果我们被赶回朝歌，早晚要死在鹿台。"

姜子牙叹了口气说："你们不要难过。我去见见守城的将军，劝他开关放我们西去。"

姜子牙来到城下，对守城门的士兵说："烦请转告张总兵，朝歌下大夫姜子牙求见。"

镇守临潼关的总兵叫张凤，他听说朝歌的大夫来找自己，连忙请他进来见面。

张凤看到姜子牙一身道家的装扮，好奇地问："姜大夫来我这里干什么？为什么没有穿官服？"

姜子牙回答："大王听信妲己的谗言，造炮烙、虿盆、肉林、酒池，现在又建造鹿台，导致民不聊生，百姓怨声载道。现在有难民打算逃往西岐避难，希望将军能高抬贵手，放他们出关。"

张凤大怒："你这个江湖骗子，不报效大王，却来帮助这群难民反叛朝廷。你还是听我的劝告，马上回朝歌，不要再管闲事。"说完，就让士兵把姜子牙推到外面。

难民看到姜子牙都不能过关，绝望地哭了。姜子牙于心不忍，就安慰他们说："你们不要难过，我会送你们过五关①的。"

有难民不相信，就问道："大人您自己都过不了关，怎么能帮助我们过关呢？"

姜子牙哈哈大笑："我自有方法。到黄昏时，我叫你们闭眼你们就闭上双眼，之后无论发生什么情况都不许睁开眼睛，否则就会丧命。"

黄昏时分，姜子牙念动咒语，不一会儿，就把所有的难民全部用土遁术移出五关。等姜子牙让难民们睁开眼睛时，众人已经来到氾水关西面的金鸡岭，属于西岐管辖的地界。难民们对姜子牙千恩万谢。

---

① 五关：小说中指临潼关、潼关、穿云关、界牌关、氾水关，从朝歌到西岐必须经过的五个关隘，其中临潼关是第一关。

十九 伯邑考遇害

西伯侯姬昌的长子伯邑考见父亲被关押七年，心中很不忍，就对上大夫散宜生说，自己要去朝歌，恳求纣王释放父亲。

散宜生劝阻道："主公去朝歌之前，曾说过自己有七年牢狱之灾。如今七年之期即将结束，相信主公不久就能返回。请公子不要身涉险地，以免遭遇不测。"可伯邑考救父心切，根本听不进散宜生的劝告。他把政事交给弟弟姬发，外事托付给散宜生，军务交给南宫适，自己则携带奇珍异宝，以进贡为名，来到朝歌营救父亲。

到了朝歌，伯邑考先找到亚相比干，说明了自己的来意，请比干向纣王引荐自己。比干是忠耿正直的大臣，对姬昌一向很钦佩，又被伯邑考的一片孝心所感动，自然乐意答应帮忙。

比干把伯邑考带来的礼品写在礼单上，拿去见纣王。纣王得知伯邑考进献了很多绝世珍宝和美女，立即答应召见他。

纣王知道伯邑考是为了救姬昌。他问伯邑考："你进贡的这些物品有哪些神奇之处？"

伯邑考回答道："大王，这七香车是轩辕黄帝大破蚩尤的时候使用的，人坐在上面，不需要外人推拉，自己想去哪里车子就奔向哪里。醒酒毡也很神奇，一个人无论喝得多醉，只要躺在这上面，用不了多久就会清醒过来。还有白面猿猴，它是一只很聪明的猴子，能歌善舞，还会用乐器演奏。"

纣王听了伯邑考的介绍十分高兴，说："你能来朝歌代父赎罪，说明是个孝子。"伯邑考见纣王高兴，就趁机请求释放父亲。

在纣王犹豫不决的时候，妲己从帷幕后面走了出来。她刚才一直在暗中打量伯邑考。原来伯邑考是当时著名的美男子，长相丰神俊朗，眉清目秀，唇红齿白，为人温文尔雅，特别擅长弹琴。

妲己被伯邑考的外表吸引住，打算勾引他，就对纣王说："大王，臣妾听说伯邑考擅长弹琴，今天不妨留他在宫里，为咱们演奏。臣妾也可借此机会，向伯邑考拜师学艺，日后好弹奏给大王听。"纣王欣然答应。

妲己为了达到目的，先用酒把纣王灌醉。等到纣王醉倒，妲己摆弄姿色，多次引诱伯邑考，最后干脆倒在他的怀里。伯邑考是个正人君子，满脸严肃地说："娘娘是国母，希望您自尊自爱，不要做超越礼法的事情。"

妲己被伯邑考的一番话说得满脸通红，因为自讨无趣，就放伯邑考先回去了。妲己自此对伯邑考恨之入骨，决定找个机会害死他。

第二天，纣王醒来后问妲己："昨晚伯邑考教王后学琴，王后学得怎么样？"

妲己趁机诬陷伯邑考，说他弹奏淫靡的音乐调戏自己。纣王勃然大怒，命人把伯邑考叫来，让他当着自己的面弹琴。

伯邑考为人坦荡，琴声表达的都是忠君爱国的情感，没有一点邪淫，纣王的怒气渐渐地消退了。妲己见纣王心软，故意说："大王，我们昨晚还没来得及欣赏白面猿猴的表演呢。"

纣王说："是啊，我差点把它给忘了。"于是命令伯邑考把白面猿猴带过来。

只见白面猿猴轻敲檀板，唱起歌来。歌声婉转悠扬，高音像

伯邑考遇害

凤鸣，低音像莺啼，在场的所有人听了都如痴如醉。连妲己也沉浸在歌声之中，竟然丝毫没有察觉自己现出了原形。

白面猿猴是个千年得道的神猴，它看到妲己现出原形变成一只白狐，就向堂上一蹿，挥舞手臂扑了过去。纣王力大无穷，一下把白面猿猴抓住并一拳打死。妲己趁机污蔑罪魁祸首是伯邑考，是他指使白面猿猴刺杀自己。纣王大怒，喝令侍从拿下伯邑考。

伯邑考知道自己早晚要死在妲己的手里，干脆坐下来弹奏一曲。他高声唱道："愿大王远离女色，重整朝纲；速废妲己，天下太平。妖姬去，诸侯服；奸邪除，社稷安。伯邑考虽身死亦犹未悔。"唱完伯邑考将琴砸向妲己。妲己急忙躲避，结果摔倒在地。

纣王见状大怒，命令左右把伯邑考捆绑起来，扔进虿盆里。可妲己为了报仇，要求把伯邑考交给自己处治。

妲己命人取来四枚长钉子，把伯邑考的手脚钉在木板上，然后将他乱刀砍死。即使这样，妲己仍然觉得不解恨，内心又冒出了一个残忍的想法。

她对纣王说："大王，臣妾听说西伯侯姬昌被百姓称为圣人，说他能够识阴阳，明祸福。既然姬昌是圣人，就不会吃自己儿子的肉。现在伯邑考已经被砍成肉泥，大王不如将其做成肉饼，送让姬昌吃。如果他吃了，说明他的那些占卜根本不准，只是浪得虚名，大王可以放他回西岐；如果他不吃，就立刻下令杀了他，免除后患。"

纣王表示赞同，让人立刻把做好的肉饼送到关押姬昌的羑里。

伯邑考

封神榜上的中天北极紫微大帝。周文王姬昌和太姒的长子，周武王姬发的兄长，为人纯良孝顺。

二十 释放姬昌

姬昌被关押在羑里,整天只是研究卦象,七年里他完成了《周易》。这一天,姬昌闲来无事,就弹琴解闷,忽然从琴声中传出了杀气。姬昌大惊,慌忙取出钱币占卜,得知儿子伯邑考已经惨死。姬昌老泪纵横,低声哭泣道:"我儿不听我的话,惨遭杀害。如果我今天不吃儿子的肉,就难逃杀身之祸;如果吃了,又于心不忍啊。"

话音未落,纣王派来的人提着肉饼来到羑里。来人说:"贤侯被关押在此七年,毫无怨言,实在令人钦佩。大王昨天外出狩猎,收获了不少的猎物,做成了肉饼,特意赐给贤侯品尝。"姬昌强忍住心里的悲痛,打开食盒,一连吃了三块肉饼,又打起精神,请来人向纣王转达自己的谢意。

送肉饼的人回宫复命,看到纣王正在和费仲、尤浑下棋。他站在堂下,把姬昌的话和行为原原本本地说了一遍。纣王听完后,对费、尤二人说:"都说姬昌最擅长推演天数,占卜吉凶祸福,今天他竟然吃了自己儿子的肉都不知道,看来人们说的都是假的。现在他已经被关押了七年,我打算放他回西岐,你们怎么看?"

费仲说:"大王,姬昌的占卜一向准确,他一定知道自己吃的是伯邑考的肉。他之所以不表露出来,勉强自己吃下去,是为了骗大王赦免他。大王千万不要中了他的奸计!"

纣王说:"姬昌是大贤人,如果他知道那是伯邑考的肉,一定不会吃。"

费仲又说:"姬昌表面上看起来忠诚,其实内心奸诈,因此大家都被他骗过了。现在东伯侯和南伯侯的儿子已经起兵造反,如果把姬昌放回西岐,他早晚又要成为我们的祸患,不如继续囚禁他。"纣王听信了费仲的话,打消了释放姬昌的念头。

伯邑考被害的消息传到西岐,军民百姓都万分悲痛。姬发失声痛哭,差点晕死过去。大将军南宫适大喊着出兵讨伐纣王,得到了大多数人的支持。只有散宜生表示反对,他厉声说:"诸位此时兴兵讨伐,实在是有勇无谋之举。老大王向来恪守臣节,对殷商朝廷忠心不二。你们胡乱造反,岂不是陷老大王于不仁不义,这样会害了老大王。"姬发和众位将领听了都沉默不语。

散宜生又说:"现在纣王宠信费仲、尤浑二人,为今之计,不如准备厚礼,派人前往朝歌贿赂费仲和尤浑。如果他们答应替老大王求情,老大王自然就会被放回国。到那时,我们再号召天下诸侯,共同讨伐无道暴君。"

姬发说:"上大夫考虑得很周全,一席话让我茅塞顿开。就按照上大夫的话去办吧。"

散宜生分别给费仲和尤浑写了一封信,交给了太颠和闳夭。他们二人携带明珠白璧、黄金白玉、绫罗绸缎,扮作商人偷偷地前往朝歌。

费仲和尤浑收到礼物,果然答应帮忙。这一天,两人陪纣王下棋。纣王连胜两局,心情很好,就和两人闲聊起来,不知不觉说到了姬昌。费仲趁机对纣王说:"大王,臣最近派人到羑里探听虚实，发现当地人都对西伯侯赞不绝口。而且他每个月都会为大王焚香祈福，七年来一点怨言都没有。依臣看来，他真是个忠君爱国的贤臣啊。"

纣王说："爱卿前一阵子还说姬昌'表面上看起来忠诚，其实内心奸诈'，今天怎么说的话不一样了？"

费仲连忙说："只听别人说，很难看清一个人的真面目。所以近来臣特意派人前往羑里访查，才知道姬昌真的是忠臣义士。"

尤浑见费仲一再为姬昌求情，知道他也收了西岐人的钱财。他不甘落后，抢着说："大王，路遥知马力，日久见人心。西伯侯的确是仁德君子。现在东、南两路的诸侯纷纷造反，不如放西伯侯回西岐，赐给他白旄、黄钺，让他代天子讨伐叛军，威慑诸侯。"

纣王听了费、尤两个人的话，当即下令赦免姬昌。

姬昌在羑里日夜思念伯邑考，忽然看到屋顶的瓦片被怪风吹落，就拿出钱币占卜，知道自己今天将被释放。不一会儿，使臣来传旨了。姬昌接旨谢恩，然后随使臣一同离开羑里。

当地百姓听说姬昌要离开了，都拿出酒肉为他送行。姬昌十分感动，和百姓们洒泪而别。

快到朝歌时，姬昌望见文武百官都出城来迎接他，他连忙下车向大家行礼。百官见姬昌虽然年老了不少，但依然精神矍铄，都感到很高兴。

纣王看到姬昌，高兴地说："爱卿被困羑里七年，一点怨言都没有，还时刻不忘为国家社稷祈福，真是个了不起的人。今天特赦爱卿无罪，加封百公之长，每个月加禄米一千石，派文官武将各两名送爱卿回西岐。另外，奖励爱卿在朝歌游街三天。"姬昌叩头谢恩。

姬昌在朝歌城百姓的簇拥下，兴高采烈地游街。到了第二天傍晚，姬昌正在游街时，遇上了武成王黄飞虎。黄飞虎便邀请姬昌到自己府上一聚，姬昌高兴地答应了。

到了王府，黄飞虎命人安排好酒宴，便让其他人都退下，只留他和姬昌两人饮酒说话。

黄飞虎说："贤侯能够被释放，实在是有福之人。但是当今圣上听信谗言，荒于酒色，用炮烙威吓忠臣，用虿盆阻挡谏言。如今刀兵四起，东、南诸侯都起兵造反。贤侯既然已经被赦免，就应该立即返回西岐，免得夜长梦多。"

姬昌恍然大悟，对黄飞虎说："感谢将军及时提醒。可我要回西岐，就要经过五关，恐怕难以通过。"

黄飞虎说："这事不难，过五关的铜符都在我府中。"于是拿来铜符令箭交给姬昌，又让姬昌换了衣裳，并派副将龙环、吴谦护送他出了朝歌西门。

二十一 雷震子救父

朝歌城驿站的官员见姬昌一夜未归,第二天一大早慌忙来到费府报告。费仲因为这件事牵连到自身,担心日后姬昌生出乱来,自己逃不脱干系,便联络尤浑,两人一起去向纣王汇报。纣王得知姬昌游街之期未满便暗自逃跑,勃然大怒,立即派出殷破败和雷开率三千飞骑兵追赶。

姬昌离开朝歌,连夜过了孟津,渡过黄河,经过渑(miǎn)池,一直来到临潼关。他看到身后尘土飞扬,知道追兵快要赶到了,心中十分着急。

此时,云中子算出姬昌有难,就让金霞童子把雷震子叫到身边。雷震子已经七岁,听说师父找自己,就兴冲冲地跑进山洞。

云中子说:"徒儿,今天你父亲有难,该你下山营救。"

雷震子吃了一惊,问:"弟子的父亲是谁?"

云中子说:"你的父亲是西伯侯姬昌,如今他在临潼关遇到了危险。你先到虎儿崖取兵器,回来我传授你法术。"

雷震子跑到虎儿崖,东瞧西望,没看到什么兵器。就在他四处寻找时,忽然闻到了一股奇异的香气。雷震子顺着香气的方向寻找,看到了两枚红杏,于是就摘下红杏,吞进肚子。

可红杏刚进肚子,雷震子就听见左肋下面一声响,竟然长出了翅膀。雷震子吓坏了,急忙用手去拔,可右边又长出了翅膀。

雷震子跑到河边，看见自己变成了一个红发蓝脸、暴眼獠牙，身长二丈的怪物。雷震子被自己的容貌吓傻了，呆呆地坐在地上。

金霞童子来到雷震子面前，说："师兄，师父叫你。"

雷震子说："师弟，你看我变成这副嘴脸了。"

金霞童子好奇地问："你是怎么变的？"

雷震子说："师父刚才让我来虎儿崖找兵器，我找了许久都没找到，只看到了两枚红杏。我吃了红杏，就变成这样了。"

金霞童子说："你快点去见师父吧。"

雷震子垂头丧气地进洞来，云中子见了他这副模样，却拍手大笑，直说："变得好！"说完，带着雷震子来到桃园。

云中子取出一条金棍交给雷震子，还传授给他一套棍法。雷震子耍起棍来，只见他上下腾飞，舞得金棍呼呼作响，身形如龙蛇一般灵活，势头像猛虎一般迅猛。等到他棍法娴熟，云中子又在他左右翅膀上分别写下"风""雷"二字，然后对着两只翅膀念起咒语。雷震子突然腾空飞了起来，他挥舞双翅，空中立即传来风雷的响动。

云中子很满意，对雷震子说："你这次下山，不许伤人，救你父亲过五关后就立即返回。你还需继续修炼道术，以后你们自有相会的时候。"雷震子领命而去，不一会就飞到了临潼关。

雷震子在临潼关附近的山头落下，仔细查看，没有看到有人经过。他后悔道："都怪我鲁莽，忘记了向师父打听父亲长什么模样了，这叫我如何辨认？"正当他自言自语的时候，山下一个人头戴粉青色毡笠，穿着一件皂服号衫，乘着一匹白马飞奔而来。雷震子心想："此人莫非就是我父亲？"

姬昌正束手无策，忽然听见有人问："山下的人是西伯侯吗？"姬昌勒马驻足四处打探，并没有见到任何人影。雷震子干脆飞到

雷震子救父

姬昌面前，又问："您就是西伯侯吧？"

姬昌见眼前是一个红发蓝脸、暴眼獠牙的怪物，顿时吓得魂不附体。他忐忑地说："这位英雄，你怎么知道我是姬昌？"

雷震子立刻倒身下拜，说："父亲，孩儿救驾来迟，让您受惊，恕孩儿不孝之罪。"

姬昌惊讶地说："英雄，我不认识你呀，为什么要叫我父亲？"

雷震子说："孩儿就是您七年前在燕山收养的雷震子啊。"

姬昌恍然大悟，高兴地说："孩子，你怎么长成这个模样？自从你被云中子带上山，到现在已经七年，你为什么会出现在这里？"

雷震子回答："我师父算出父亲有难，就派我下山帮助父亲过五关，打退追兵。"

姬昌心想："我是私自潜逃，已经得罪了朝廷。雷震子学过道术，如果打死了追兵，我的罪名就更大了。"于是就对雷震子说："孩子，你千万不要伤害了纣王的将士。我私自逃跑，已经是辜负了王恩。你如果伤了追兵，就不是救我，而是害我。"

雷震子笑着说："父亲放心，我师父也交代我不要滥杀无辜，只把您背出五关。"说完，就张开双翅，向东飞去。姬昌哪里见过这样的飞人，吓得跌坐在地上。

雷震子飞到追兵前面，用金棍拦住他们，大声喝道："你们不要过来！"士兵们抬头一看，只见半空中飞着一个青面獠牙的怪物，都吓得不敢动弹。一个士兵急忙跑去向殷破败和雷开报告。两人催马上前，来会雷震子。

雷震子

天雷将星下世，云中子的徒弟，姬昌的义子。长有风雷双翅，兵器为黄金棍。后来与李靖、哪吒、金吒、木吒、杨戬、韦护六人一起肉身成圣。

文王回西岐 二十二

殷破败和雷开看到青面獠牙的雷震子，心里都暗吃一惊，但还是壮着胆子质问道："你是何方神圣，为什么阻拦我们？"

雷震子高声说："你们听好了，我是西伯侯的第一百个儿子，叫雷震子。我父亲是仁德君子，四海闻名。纣王昏庸无道，把我父亲囚禁了七年。如今纣王既然已经释放我父亲，为什么又要派人追赶？如此反复无常，岂是君王该做的事情？我奉师命下山接我父亲回西岐，一家人团聚。我师父和父亲都叮嘱我不要伤人，你们要是聪明，就不要再追赶了！"

殷破败根本没有把雷震子放在眼里，大笑道："你这丑东西，竟然敢在本将军面前口出狂言，还不快快投降！"说完，就骑马挥刀向雷震子砍去。

雷震子用金棍架住殷破败的大刀，说："识相的就快点收兵，我因为答应师父不杀人才不与你纠缠。如果你一定要和我决一雌雄，就先给你看看我的厉害。"说着，雷震子展开风雷双翅飞到山顶，举起金棍向下砸去，结果山被砸去了一半。

雷震子又飞回来，对殷破败和雷开说："怎么样？是你们的头结实，还是这座山结实啊？"殷破败和雷开从来没见过这样的场面，大惊失色，他们知道自己不是雷震子的对手，连忙率领骑兵往回撤。

雷震子看到追兵撤退了，就回来找到姬昌，说："父亲，孩儿已经把追兵打发走了，现在可以带您过五关了。"

姬昌说："孩子，武成王黄飞虎已经把过关的铜符令箭给了我，我到了关隘拿给守关的将士看，他们自会放我离开。"

雷震子笑着说："父亲何必如此。您已经七年没看到家人和故乡了，更何况后面也许还会有追兵追来，就让我背着您飞过五关吧。"

姬昌说："孩儿说得有理。但这匹老马已经和我患难七年，实在舍不得丢弃它。"

雷震子说："父亲，事到如今，马匹事小，过关事大。"

姬昌没有办法，拍着白马的背说："马儿，如今情况紧急，姬昌不得已抛下你。你就自行离开，另找一位好主人去吧。"

雷震子让姬昌伏在自己的背上。姬昌紧闭双眼，只听见耳边的风声响，不一会儿就出五关，到了金鸡岭。雷震子放下姬昌，说："父亲，您多多保重，孩儿就此告别。"

姬昌吃惊地说："孩子，你为什么不和我一起回家，却要在这里扔下我？"

雷震子说："孩儿奉师命把父亲送到此处，之后就要回山继续修炼，师命不敢违。等到孩儿学全了道术，就会下山和父亲相见。"说完，父子二人洒泪而别。

姬昌没有马匹，只好步行向西而去。由于他年事已高，经过一路跋涉，已经疲惫不堪。见天色已晚，他就到一家小店吃饭借宿。可是第二天准备离开的时候，姬昌拿不出钱来，只好请求店小二先记账，以后定会让人送来。

店小二说："这里可不是别的地方，在我们西岐地界，容不得任何人撒野骗人。西伯侯以仁义教化万民，百姓们路不拾遗，夜不闭户，遵礼仪，守礼节。你现在拿出钱来，就放你离开，否则就把你押到散宜生大人那里去。"

这时，店主人听见声音出来观看。他见姬昌相貌不凡，就客气地说："老先生，我们不认识你，当然不能赊欠。如果你说清楚自己的来历，我们可以放你离开。"

姬昌说："店主人，我正是西伯侯，被关在羑里七年，今日刚回到故土。因为急于赶路，所以没有带足钱财。等我回到家中，立刻派人给你送钱。"

店主得知面前的老者就是西伯侯，立刻倒身下拜，说："大王千岁！小人申杰肉眼凡胎，不知道您就是西伯侯，望大王恕罪。小人愿意护送您回西岐。"

姬昌大喜，问："你有没有马匹呢？"

申杰说："我是小户人家，没有马匹，就烦劳大王骑我家磨面的毛驴吧。"

姬昌的母亲太妊也懂得占卜之术，这天她在宫里听到风声怪异，就取出钱币占卜，得知儿子已经回来。老夫人急忙让孙子们和文武百官一起出城迎接。

姬昌骑着毛驴，在申杰的陪护下赶回故乡。他看着一路上熟悉的风土人情，不禁感慨万千。就在这时，两杆红旗招展，一队人马随着炮声出现在面前。姬昌定睛一看，只见为首的有三个人，正中的是次子姬发，左右分别是散宜生和南宫适，后面跟随着文武百官。

姬发看到父亲，立刻下马跪拜，其他官员也跟着行礼。姬昌看着儿子和大臣们，禁不住老泪纵横。在返回西岐的路上，老百姓夹道欢迎，家家焚香结彩。姬昌看着九十八个儿子相随，想到了伯邑考，顿时泪如雨下，心痛如刀割。

姬昌为伯邑考作了一首歌，唱完歌，姬昌大叫一声："疼死我了！"就从马上摔了下来。众人赶忙扶起姬昌。过了许久，姬昌苏醒过来，肚子里"咕噜"一响，一连吐出三块肉饼。这三块肉饼在地上一滚，变成了三只兔子，向西方跑去了。

姬昌痊愈后，把散宜生和南宫适叫到身边，将自己在朝歌和过五关时的经历说给他们听。两位大臣建议姬昌招兵买马，打起反商的旗号。姬昌坚决不答应，他认为自己作为臣子，即使纣王昏庸无道，也要效忠纣王。

南宫适又说起伯邑考惨死的事情。姬昌长叹一声，说伯邑考遇害完全是不听从自己当初的嘱咐，一意孤行，才招来了杀身之祸。

姬昌说："我作为臣子，就要恪守本分，任凭天子如何肆意妄为，天下诸侯自有评说。况且忠孝仁义是人立身的根本。我既然已经回国，今后将致力于推行教化，促进生产，让百姓们安居乐业。又何必要兴兵讨伐，让将士受战乱之苦，让百姓惊慌失措、流离失所，却反而把它当作自己的功劳呢？"两人听从了姬昌训话，暂时打消了反商的念头。

姬昌为了预知吉凶祸福，保佑西岐百姓安居乐业，打算建一座灵台。可他担心工程浩大，损害了百姓的利益。

散宜生说，造灵台是为了西岐百姓，并不是图自身享乐，百姓们不会有怨言的。他还建议拿出钱财来招募百姓，不想参与修建灵台的绝不强迫，参与工程建设的则赏赐财物。告示贴出后，西岐的百姓一呼百应，争先恐后地参与到灵台的建造中来，结果不到一个月就把灵台建好了。

二十三 文王梦飞熊

灵台造好后，姬昌带领大臣们去参观。可他走了一圈后，突然闷闷不乐。散宜生问："大王，灵台已经竣工，您为什么还不高兴？"

姬昌说："我不是嫌弃灵台不好，而是想到'水火既济、合配阴阳'，台下还缺少一个水池。我担心挖水池又要劳民伤财，因此内心烦恼。"

散宜生笑着说："大王，连灵台都建好了，还差这一个水池吗？"于是像建造灵台时那样贴出告示，招揽民众开掘水池。公告贴出后，西岐百姓立即热烈响应，都抢着到工地劳动。

天黑后，姬昌感到困倦，就没有回到城里，在灵台临时搭了一张床休息。三更时分，突然梦到一只长着翅膀的白额猛虎从东南方向朝自己扑来。姬昌被梦惊醒，吓出了一身冷汗。

第二天，姬昌找来散宜生，把自己的梦说给他听，让他帮忙解梦。散宜生听完之后，立刻向姬昌道贺，说："恭喜大王！这个梦是吉兆，预示大王即将得到栋梁之臣。这个人的才能绝不会逊于风后[①]

[①] 风后：又叫风伯，神话传说中轩辕黄帝的宰相。

和伊尹[1]。"

姬昌问道:"爱卿为什么这么说呢?"

散宜生回答:"昔日商高宗武丁[2]梦到飞熊,结果得到傅说[3]辅佐。臣因此恭喜大王就要得到治世能臣了。"姬昌大喜,从此开始留心寻找贤才。

再说姜子牙自从用土遁术救了逃难的百姓后,就在磻(pán)溪隐居起来。他不理会世人的议论,每天诵读《黄庭经》,或者到渭水边垂钓。

有一天,一个樵夫扛着一担柴经过河边,看到了姜子牙,就和他攀谈起来。樵夫问:"老先生,你是哪里人?怎么称呼啊?"

姜子牙说:"我是东海许州人,姓姜名尚,字子牙,道号飞熊。"樵夫听了,哈哈大笑起来。

姜子牙问:"你姓甚名谁?为什么笑我?"

樵夫说:"我叫武吉,西岐人氏。我笑你是因为你的道号。自古以来,有道号的人都是圣贤大才,如风后、老彭、傅说、伊尹。你每天在这里无所事事,实在不像个有见识的人,却也有一个道号。"

武吉接着拿起水边的钓竿,看见线上连着一口针,而且并未弯曲,就说:"你这直钩,恐怕一辈子也钓不上鱼。你应该把它做成弯钩,才能钓上大鱼。"

姜子牙说:"你只知其一,不知其二。老夫在这里不是为了钓

---

[1] 伊尹:商初大臣,有贤名。
[2] 武丁:商朝第23位国王,庙号为高宗。武丁在位时曾攻打鬼方,使商朝再度强盛,在历史上被称为"武丁中兴"。
[3] 傅说(yuè):武丁的宰相。

鱼,而是等待做王侯的机会。这就叫'宁在直中取,不向曲中求'。"

武吉听完大笑,说:"你还想做王侯!看你的嘴脸,不像王侯,倒像是个活猴!"

姜子牙笑着说:"你看我嘴脸不好,我看你才是不好啊。"

武吉说:"我是年轻人,面色红润,哪里不好了?"

姜子牙说:"你左眼青,右眼红,一会儿进城会杀死人。"

武吉生气地说:"你这个老头,我刚才是和你开玩笑,你怎么出口伤人呢?"说完就气冲冲地走了。

武吉背着柴来到西岐南门贩卖,刚好遇到文王的出行队伍。由于人多,道路狭窄,武吉的扁担尖不小心刺中一个叫王相的士兵的太阳穴,王相立刻倒地而亡。于是武吉当场就被抓住,带到文王面前发落。

文王问:"你为什么要杀人?"

武吉说:"小人名叫武吉,为了躲避大王的队伍,不小心误伤了王相。"

文王说:"武吉,你既然杀死了王相,理当偿命。"说完,在地上画了一个圈,让武吉站在圈里等候发落。

当时东、南、北三地和朝歌都建起了牢房,只有西岐用画地为牢的做法。因为文王能推演吉凶,预知未来,所以犯人即使没有人看管也不敢潜逃。如果有人逃跑,一旦被抓捕回来,就要加倍处罚。

武吉被囚禁了三天,不能回家。他想到自己的母亲年事已高,不知道自己犯罪受罚,一定在家里着急。因为挂念母亲,他忍不住大哭起来。散宜生刚好经过南门,看到武吉痛哭,就好奇地问:"你杀了人,理应偿命,为什么大哭?"

武吉哭着说："小人不是因为要偿命才哭，只因家里有七十多岁的老母亲，小人又没有其他兄弟姐妹，等我死后就没有人照顾她了。想到老母亲今后孤苦伶仃，小人忍不住伤心。"

散宜生听完想了想，认为武吉不是故意杀人，就对他说："你不要哭了，我去向文王说明情况，放你回家，让你为母亲安排好今后的生活。等秋收后你再来领受刑罚。"文王听了散宜生的话，便下令立即放武吉回家。

武吉回到家，把这几天的经历详细地告知母亲。母亲得知儿子即将被处死，不禁泪如雨下。可当她听到姜子牙的事情后，就立刻对儿子说："孩子，这个垂钓的老者一定是个世外高人，你去好好求他，没准还可以死里逃生。"

武吉

姜子牙的四个弟子之一，封神榜上无名，享有人间富贵。常跟随在姜子牙身边，帮助处理杂务，监造芦篷。兵器为长枪，骑着白马。

二十四 文王聘子牙

武吉跑到溪边，看到姜子牙独自一人在垂杨下钓鱼，就上前恭敬地喊道："姜老爷。"

姜子牙扭头看了看，说："你不是那天的樵夫吗？"

武吉赶忙回答："正是小人。"

姜子牙说："你不是杀了人吗？怎么还能跑来这里？"

武吉哭着说："小人肉眼凡胎，不知道您是神机妙算的高人，冒犯了您，希望姜老爷不要记恨我。小人家里只有一个七十多岁的老母亲，如果我偿了命，母亲就没有人照顾了。恳请您帮助小人免除这次灾难，小人日后一定效犬马之劳！"

姜子牙看武吉态度诚恳，就说："你要我救你，就要拜我为师。"武吉倒头便拜。

姜子牙说："你马上回家，在床前挖一个能容下你的坑。到黄昏时，你睡在坑里，让你母亲在头顶点一盏灯，脚下点一盏灯，再抓两把米撒到你身上。到了第二天，你就可以照常做生意了。"

武吉谢过师父，回到家中一一照办。三更时分，姜子牙披散头发，仗剑作法，为武吉驱除霉运。

第二天，武吉来见姜子牙。姜子牙说："打柴不是长久之计，从今天开始，你每晚都来我这里学习兵法。现在东伯侯姜文焕领兵大战游魂关，南伯侯鄂顺率军大战三山关。我前天仰观天象，知道西岐马上也要兴兵反商。你学成武艺，将来就有机会出将入相。"于是，武吉白天打柴，夜晚习武，并在姜子牙的指导下学习兵法。

文王听说武吉自从回家探母，一连过了半年也没有返回，就取出钱币来占卜他的行踪。由于姜子牙作了法，占卜的卦象显示武吉已经跳崖自尽，文王不由得叹息良久。

光阴似箭，岁月如梭。自从飞熊入梦以来，文王就一直留意四处探访贤人。有一天，他见春和景明，率领文武百官来到南郊踏青，顺便到山泽之中寻访贤人。一路上，文王看到西岐的百姓携手往来，谈笑饮宴，脸上洋溢着幸福快乐，他也变得开心起来。

忽然迎面走来一个樵夫，不是别人，正是武吉。文王大吃一惊，质问武吉："你这个狡猾的奸贼，怎敢欺瞒我？你用了什么诡计躲过我的卜算？"

武吉跪倒在地，说："大王，小民是奉公守法的好人，不敢欺骗您，是我的师父认为我罪不至死，应该建功立业，才施法术救了我。"

姬昌很惊奇，问道："你师父是什么人？"

武吉回答："我师父叫姜尚，字子牙，道号飞熊。"

散宜生连忙对姬昌说："恭喜大王！这个道号为飞熊的隐士正应了您的灵台之梦。您应该马上赦免武吉，让他带咱们去拜访他的师父。"姬昌大喜，跟随武吉前往姜子牙的住处。

一行人在一片竹林前面下了马。走进林中，只见树木郁郁葱葱，溪水淙淙，时有动物停下来打量眼前这群贸然闯入的人。文王见了，知道这里的主人一定不是个普通人。

文王来到草庐前敲了敲门,从里面走出一个小童。文王笑着问:"老师在家吗?"

小童回答:"家师刚刚和道友一起出去。"

文王问:"他什么时候能回来?"

童子说:"这可就没准了。也许马上就回来,也许是一两天、三五天,如果和朋友聊得投机,就没有定期了。"

散宜生在一旁说:"大王,聘请贤人必须诚心诚意。今天我们来得匆忙,不宜拜访高人。古代的帝王在聘用能人时,都要沐浴斋戒,选择吉日上门拜访。我们今天还是先回去吧。"

文王虽然留恋不舍,也只好离开了。

南宫适是个粗人,他见文王访贤不得,不服气地说:"这个姜子牙没准就是徒有虚名,看到我们来找他,就偷偷地跑了。等我明天先来打探打探,如果他确实有大才,大王再来也不迟啊!"

散宜生生气地说:"将军不要胡言乱语。现在天下大乱,贤人君子大多隐居在深山幽谷。况且这位道号为飞熊的隐士正应验了大王的梦兆,我们应该效仿古人求贤的精神,礼贤下士。你不要再乱说话了。"

文王说:"大夫说得很对。"于是带人回城,斋戒三天,为拜访姜子牙做准备。

第四天,文王沐浴更衣,备上厚礼,带领大队人马浩浩荡荡地来到磻溪,迎接姜子牙。沿途很多老百姓都被惊动,纷纷跟随文王前来看热闹。到了姜子牙住所前面的竹林,文王命令队伍停下休息,自己从马上下来,让散宜生陪同步行前往。

进林来,文王看到姜子牙正在垂钓,就毕恭毕敬地站在他的身后等候。过了许久,姜子牙放下鱼竿,回过头来,文王才彬彬

文王聘子牙

有礼地说:"先生辛苦了。"

姜子牙赶忙行礼:"不知道贤王驾到,有失远迎,望贤王恕罪。"

文王扶起姜子牙说:"我仰慕先生很久了,上次来得匆忙,实在是对您不敬,今天特意斋戒沐浴后来拜访先生。能够得见先生,真是三生有幸!"

两人携手走进姜子牙的茅舍,谈天说地,论古道今。文王表达了自己希望百姓安居乐业的愿望,姜子牙则阐述了很多治国兴邦的道理,两个人谈得非常投机。文王提出要请姜子牙出山,辅佐自己治理西岐。姜子牙起初推让了几次,见文王态度诚恳真挚,就答应了。文王大喜。

回到西岐,文王封姜子牙为丞相,设宴庆祝,文武百官纷纷上前祝贺。姜子牙拥有雄才大略,治国有方,很快就把西岐治理得欣欣向荣,国富民强。

二十五 群妖赴宴

由于崇侯虎惨无人道地压榨百姓，强迫他们夜以继日地劳动，鹿台仅仅用了两年零四个月就修好了。纣王十分高兴，重赏崇侯虎。

这天，纣王和妲己乘坐七香车来到鹿台游玩。只见鹿台之上楼阁重重，亭台高耸，直入霄汉，丝毫不逊于天上仙境。雕梁画栋都是由白玉砌成，玛瑙点缀，极其奢侈华丽。不知道这座高台耗费了多少百姓的钱财，葬送了多少民众的性命。

纣王游览了一番，觉得很满意，就命令侍从在鹿台上摆宴庆祝。席间，纣王问妲己："王后，你曾经说鹿台建好会有神仙降临。现在鹿台已经竣工，神仙们什么时候才来呢？"

妲己这么说本来是为了陷害姜子牙，哪知道不仅没害死姜子牙，鹿台还这么快就建好了，只好撒谎说："大王，神仙们都是清虚有道之士，必须要等到满月那天才会降临。"

纣王说："今天是初十，还有五天就是满月，到时候我一定要会一会这些仙子。"妲己不能说实话，只好先胡乱应承。

妲己当然不能请来神仙。为了应付纣王，三更时分，她趁着纣王沉睡，自己元神出窍，驾着妖风来到距离朝歌三十五里外的轩辕坟。众妖怪看到妲己回来，纷纷出来迎接。

九头雉鸡精好奇地问:"姐姐今天不在王宫里享乐,为什么跑回家来?"

妲己说:"妹妹,只因我之前许诺,说鹿台建好后会有神仙光临,如今纣王便非要见一见仙子。我苦苦思索,才想出一条计策。等到了十五日那天晚上,我请姐妹们有能变化的,变成神仙的样子到鹿台上玩耍。"

雉鸡精说:"我那天正好有事,不能前去。不过除了我,这里还有三十九个会变化的。"

九头雉鸡精

轩辕坟三妖之一,原形是长有九个头的雉鸡女妖怪,后来以妲己的义妹身份入宫,化名胡喜媚,成为纣王的宠妃。

妲己说:"好,那就由你来安排她们。"妲己交代完毕,就返回了朝歌。

十五日那天,纣王听从妲己的话,早早命人准备了三十九座宴席,置办了无数的美酒佳肴摆在鹿台。纣王还传旨给亚相比干,让他到鹿台陪神仙饮宴。

比干不知道纣王又要做什么荒唐事,仰头直叹息:"昏君,你每天把国家大事抛在一边,只顾寻欢作乐,如今竟痴心妄想,想要见神仙!"

圆圆的月亮从东方升起,纣王高兴地站在台上,等候神仙驾临。妲己怕纣王看出破绽，就对他说："大王，我们不能出现在这里，否则神仙们担心泄露天机，以后就再也不会来了。"纣王听信了妲己的话，就和妲己躲在远处的帐幔后面偷偷观看。

四更时分，风声响起。轩辕坟里的这些狐狸，采天地灵气，受日月精华，都有几百年的道行。它们变成神仙的模样，出现在鹿台上空。

一时间妖气弥漫，把圆月笼罩住了。等到月光重现，妲己轻声对纣王说："大王，仙子们来了。"纣王从缝隙里向台上看去，只见这些神仙各自穿着青、黄、红、白、黑色的衣服，有的戴鱼尾冠，有的系一字巾，打扮都不一样。纣王见了大喜。

其中一个仙人说："众位道友，贫道有礼了。"

其他仙人纷纷答礼，说："今天纣王设宴款待我们，可见他一片诚心。祝愿商朝国运昌盛，纣王长生不老。"

比干看到眼前的神仙各个都仙风道骨，也不敢怀疑，就上前行礼。

一个道人问："先生是谁？"

比干回答："卑职是比干，奉旨陪宴。"

道人说："既然是有缘人，就赐给你一千年的寿命。"比干听了心中疑惑不已。

这些妖怪虽然外形上变化得和神仙差不多，但无法掩盖身上的狐臊味。比干心想："神仙都是六根清净的有道之士，身上怎么会有这样的臭味呢？"

随着酒越喝越多，一些酒量不大的狐狸醉倒在地，把狐狸尾巴露了出来。比干在满月下看得清清楚楚，不禁暗自恼怒，把妖怪恨得咬牙切齿。妲己在远处也看见了，她担心有些小狐狸不胜酒力，原形毕露，就急忙编了个理由让比干离开。

比干回家时，在路上遇到了带兵巡逻的黄飞虎。黄飞虎上前询问："丞相怎么这么晚才出宫，是有什么要紧事吗？"

比干顿足说道："我奉大王的命令到鹿台陪酒，哪知道来的根本就不是神仙，而是一群狐狸精。它们原本也隐藏得很好，可酒喝多了，就露出了狐狸尾巴。"

黄飞虎对比干说："丞相请先回府，末将心中已经有了主意。"

黄飞虎立即命令手下的四名副将黄明、周纪、龙环、吴谦，各自率领二十名士兵，隐藏在东、南、西、北四个城门附近，观察那些妖怪从哪道门离开，暗中跟踪他们。

妖怪们喝多了酒，驾不起妖风，就互相搀扶着从南门离开。负责把守南门的是周纪，他看到妖怪，就派几个机灵的士兵跟上去，最后得知妖怪们都来自三十五里外的轩辕坟。

周纪把消息告知黄飞虎，黄飞虎当即下令："火速带领三百名家将，带上足够多的柴薪堵住轩辕坟的各个洞口，把妖怪全部烧死。"周纪于是领命去烧轩辕坟。

黄飞虎叫上比干，一起到轩辕坟查看，发现洞里的妖怪已经全部被烧死。比干为了警告妲己，让人把没有烧焦的狐狸皮做成大衣，打算找个时机送给纣王。

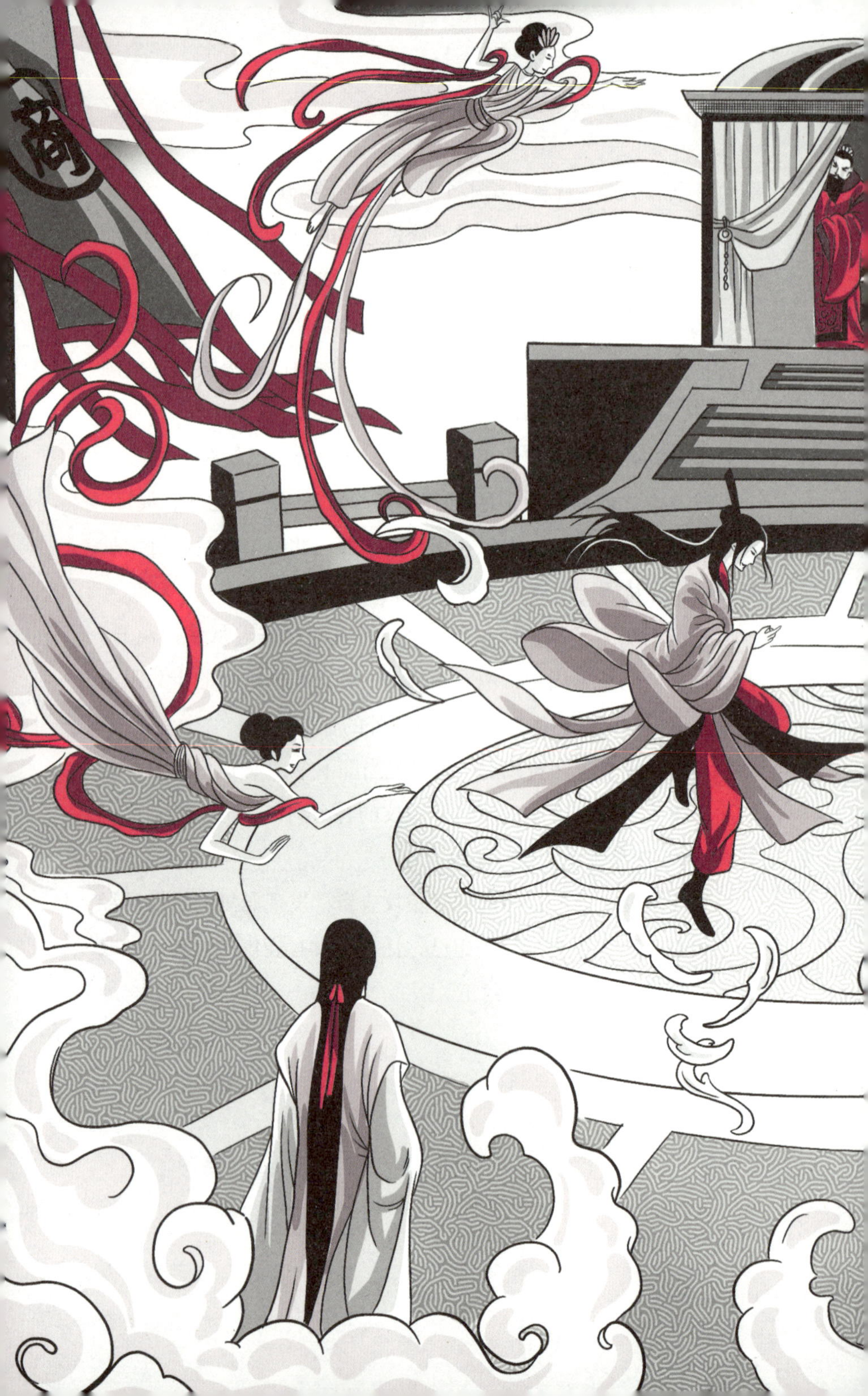
商

群妖赴宴

二十六 比干剖心

冬天来了,寒风呼啸,白雪转眼间覆盖了整个朝歌城。一天,纣王和妲己在鹿台饮酒作乐,比干特地上台来,把狐狸皮做成的大衣献给纣王。

纣王见了这件皮毛柔顺的红色大氅,不禁大喜,对比干说:"王叔年事已高,这件大氅本来应该自己留着用,现在却把它献给我,真是对我既忠心又爱护啊。我虽然是一国之主,天下的财物都是我的,但一直缺少这样一件御寒的大衣。王叔的功劳比任何人的都要大!"说完就下令重重奖赏比干。

妲己看着眼前的毛皮大衣,知道这都是自己子孙的皮,不禁心如刀绞,暗骂:"比干老贼,我的子孙们不过喝了点酒,关你什么事!你现在来献大衣,摆明了是欺负我。我如果不把你的心剜出来,就白白修炼千年了!"

妲己一心想害死比干,却苦于无计可施,就打算把九头雉鸡精也召进宫来,给自己当帮手。

一天,妲己陪纣王在鹿台饮酒,趁机说:"大王,臣妾有一个结义的姐妹,叫作胡喜媚,长得比我漂亮一百倍。"纣王一听有这样的美女,急忙说:"那你快点把她找来!"

妲己说:"喜媚现在在紫霄宫出家,哪能说来就来呀。"

纣王恳求道:"美人,求你想个办法,让我早点看到她。"

妲己装模作样地想了想,说:"臣妾离开冀州时,喜媚曾经对我说:'姐姐,我拜仙人为师,学得了五行之术。如果你想我时,只需要燃烧信香,妹妹就会立即出现。'臣妾入宫后因整日和大王恩爱,一时就忘记了妹妹,直到此时才突然想起。"

纣王连忙说:"那美人还不赶快取出信香,叫喜媚现身。"

妲己说:"大王不要着急。喜媚修仙得道,早已不是凡人。等明天我沐浴焚香,才可以迎接喜媚。"

三更时分,妲己现出原形来到轩辕坟。雉鸡精看到妲己,就哭着说:"姐姐,都怪你安排的酒宴,害得你的子孙们被活活烧死,连皮都被剥了。"

妲己咬牙切齿地说:"妹妹,我这次回来就是为了找你一起报仇雪恨。你现在孤身一人待在这里也没什么意思,不如和我一起入宫,享受宫人的血肉。"雉鸡精连忙拜谢,跟妲己约好明天晚上进宫。

到了第二天夜晚,纣王催着妲己焚香。妲己说:"臣妾焚香的时候,还请大王先行回避。我担心喜媚突然见到大王,会感到不便。等我和她说好,你再出来相见。"纣王一口应承。

于是,妲己装模作样地焚香祷告。过了一会儿,突然刮起大风,天空阴云密布,月亮被黑云遮住。一时间天昏地暗,寒气逼人。风停下来后,只见一个道姑身穿大红八卦衣,脚蹬麻鞋,出现在鹿台之上。她就是雉鸡精胡喜媚。纣王借着月光看见胡喜媚肤色雪白,楚楚动人,比妲己还要美丽。

妲己见到胡喜媚,两人热闹地寒暄了一番。一旁的纣王等不及妲己喊他,直接走了出来。胡喜媚假装一惊,然后娇媚地向纣王行礼。纣王被胡喜媚的美貌迷住，想要留她在宫中。胡喜媚假意推辞了一番，还是点头答应了。从此，两个妖精整日陪着纣王饮酒作乐，满朝文武根本不知道纣王又多了一个宠妃。

纣王自从有了胡喜媚，更加不把国家大事放在心里。有一天，三个人正在作乐，妲己突然大叫一声，跌倒在地上，人事不省。纣王大惊失色，说："王后跟随我多年，从来没得过这样的病啊，这是怎么回事？"其实这都是妲己和胡喜媚早就商量好的诡计。胡喜媚装出悲伤的样子，对纣王说："姐姐的旧病复发了。"

纣王马上问："美人你怎么知道的？"

胡喜媚说："当初在冀州时，姐姐曾经得过这个心痛之症，几乎快要死去了。好在有一个叫张元的神医，用玲珑心煎了汤药给姐姐喝，这才治好。"纣王急忙就要喊人去冀州找张元。

胡喜媚说："大王，从朝歌到冀州，来回要一个多月。路上耽误这么久，恐怕姐姐早就不在了。除非在朝歌寻找一个有玲珑心的人，取他的一片心做成汤药，姐姐才能得救。"

纣王问："谁有玲珑心呢？"

胡喜媚装模作样地掐指推算，然后说："朝中有一个大臣有玲珑心，只怕他舍不得献来救娘娘。"

纣王急忙问："这个人是谁？快点说！"

胡喜媚说："是丞相比干。"

纣王笑着说："我还以为是谁呢，比干是我王叔，怎么会舍不得自己的玲珑心来救我的爱妻呢？"说完，立刻差人传比干入宫。

比干正在家里为国事担忧，忽然接到了纣王的圣旨，而且一连传召六次。比干疑惑不已，就向来人询问原因。听说事情缘由后，比干大吃一惊，心想自己必死无疑了。他长叹一声，向家人嘱托了后事，准备进宫。

比干刚要走，他的儿子微子德在一旁哭着说："父王，您还记得姜子牙曾经留下一张帖子吗？他说您遇到危险时就打开来看。"

比干猛然记起，急忙来到书房，从砚台下面拿出帖子。比干读完，心里安定了不少。他按照帖子上所说，把姜子牙画的咒符烧成灰，撒在水里一口气喝下去，然后去了宫里。

纣王见比干来到，说："王叔，王后突发急病，急需玲珑心煎药才能痊愈。我向王叔借一片玲珑心救治王后，日后王后痊愈，你就是最大的功臣。"

比干大怒，说："心是生命的根本，一旦拿出，人就死了。我丢了心是小事，但商朝的江山却要毁在你这昏君的手里！"

纣王骂道："君叫臣死，不死就是不忠！你这老东西竟然敢骂我！来人啊，把老匹夫的心挖出来！"

比干喝退左右："不用别人动手，我自己取！即使我死了，九泉之下见到先帝也无愧于心。"

比干接过刀子，对着太庙拜了八拜，流泪说道："纣王就要断送成汤传了二十八世的天下了，请先王不要怪我不忠啊！"说完把刀插入胸膛，伸手探入腹中摘下心脏，往地上一扔，自始至终没有留下一滴血。

比干整理好衣服，一言不发地走出王宫。黄飞虎看到比干，上前询问情况。可比干什么也没有说，只是低着头快速走着。

二十七 闻太师回朝歌

黄飞虎见比干的行为很奇怪,就让黄明和周纪悄悄跟随。

比干出宫后,骑上自己的马向北飞奔。快到北门时,比干突然把马停在一个卖无心菜的妇人面前。

比干开口问:"你卖的是无心菜吗?"

妇人说:"是无心菜。"

比干又问:"人如果没有心,会怎么样?"

妇人回答:"人没有心,当然就死了。"比干大叫一声,从马上一头栽下去,吐血而亡。

原来姜子牙留下的帖子里画了一道符印,把符印烧成灰用水吞服,可以保护比干的五脏不受损害。如果事后遇到的卖无心菜的女人说"人没有心也能活",比干就可以不死。

比干死后,满朝文武都十分伤心。一个叫夏招的大臣怒斥纣王荒淫无度,听信谗言,滥杀忠臣,挥剑要取纣王的性命,结果被逼迫跳下了鹿台。众人听说夏招殉节,都唏嘘感叹不已。

后来,百官们来到北门外,为比干收殓尸体,举行葬礼。微子、箕子、黄飞虎等人都来吊唁。

正在这时,一直在外面征战的太师闻仲凯旋回朝。闻仲骑着墨麒麟经过北门,看到有纸幡飘荡,就问左右是谁死了,当听说是比干后,不禁大吃一惊。

闻仲一进城,就看见巍峨的鹿台高耸入云;又进宫来,只见九间殿东面立着二十根铜柱子,于是问执殿官:"这些黄澄澄的柱子怎么立在大殿上?"

执政官连忙说:"这是新的刑具,叫炮烙。"

闻仲又问:"炮烙是什么?"其他大臣把炮烙酷刑的惨无人道说了一遍。闻仲听完,勃然大怒,急得额头中间的那只神目直射出一道白光,下令执殿官鸣钟击鼓,请纣王登殿。

纣王听说是闻仲回朝了,只得出了后宫来到大殿上。闻仲是三朝元老,在商朝属于一人之下、万人之上,为人正直,又会道术,连纣王都畏惧三分。闻仲当着朝臣的面数落了纣王的种种暴行,纣王不敢得罪闻仲,只好忍下这口气。

退朝后,闻仲把文武百官都叫到自己家里了解详情,大家一致推举黄飞虎作为代表陈说实情。于是,黄飞虎把纣王纳妲己、杀妻灭子、斩杜元铣、炮烙梅伯、囚禁姬昌,建虿盆、鹿台,造酒池肉林,挖杨任双眼,剖比干之心等行为详细地说给闻仲。

闻仲听完,气得拍桌子大叫:"老夫长期在北海征讨叛逆,朝歌竟然发生了这么多反常的事情!"众人离开后,闻仲下令封闭府门,连续三天闭门谢客,在家苦心孤诣写了一道奏折,准备第四日进宫面呈纣王。

那天早朝,纣王像往常一样,对百官说:"众位卿家,有奏章出班,无事退朝。"闻仲就站出来,当着纣王和百官的面,诵读了自己的十条建议:

一、拆掉鹿台,保障百姓生活安定;

二、废弃炮烙,让大臣们敢于直言进谏;

三、填虿盆，使宫人安心；

四、废酒池肉林，让诸侯们不再指责朝廷；

五、废掉妲己，重新选合适的人做王后；

六、立刻把费仲和尤浑斩首示众；

七、开仓赈济灾民；

八、派遣使臣招安东、南两路诸侯；

九、聘请天下贤才；

十、虚心纳谏，广开言路。

纣王听完十条建议，不高兴地说："鹿台已经建成，过程当中耗费了无数的人力物力财力。俗话说成工不毁，拆除实在可惜，第一条暂且不说；炮烙可以拆除，虿盆和酒池肉林也可以照办；第五条废后不合适，妲己贤淑，又没有做出什么失德的事情，没有理由废掉；还有费仲和尤浑两个大夫对社稷有功，不能无缘无故地诛杀。除了这三件以外，其他七件照准。"

闻仲见纣王内心并不悔改，就继续说："大王，鹿台劳民伤财，拆除才能打消百姓们的怨气。苏王后怂恿大王造了那么多的酷刑，导致众多无辜的人惨死，废掉她才能让那些冤魂安息。而费仲和尤浑两个奸贼，搬弄是非，嫉妒忠良，他们一日不除，朝政一日不得安宁。望大王快点下令施行。"

纣王还是不肯同意，说："太师所奏，我已经同意了七件，就不要再说了。"

闻仲说："大王，这三件事关系到国家安危，不能不做。"正当双方僵持不下的时候，费仲不识时务，出来阻拦闻仲。

闻仲不认识费仲，就问："你是什么人？"

费仲回答："卑职费仲。太师虽然位极人臣，但也不能逼着大王听你的话。您现在的行为就是以下犯上，是欺君之罪，对大王

闻太师回朝歌

大不敬！"

闻仲气得眉心的眼睛都睁开了，大骂道："你这逆贼，到现在还敢胡言乱语！"说着，挥手一拳把费仲打倒在地。

尤浑不知好歹，上前对纣王说："太师当着大王的面打大臣，就是在打大王您啊！"

闻仲问："你又是谁？"

尤浑说："我就是尤浑。"

闻仲大笑："你们两个奸贼，狼狈为奸，让老夫好好教训你们！"说完，把尤浑一脚踢倒。然后对武士说："把两个狗贼推出去斩首。"

纣王暗自责怪费仲和尤浑自寻其辱，但实在舍不得杀他们，就安慰闻仲说："老太师息怒。费仲和尤浑不知好歹，冒犯了你，千万别和他们一般见识。剩下三条让我好好考虑一番再作决定，一定会让太师满意的。费仲和尤浑就先投入牢狱，等候发落。"

闻仲想了想，觉得自己毕竟是臣子，不能把国君逼得过急，也就勉强同意了。他对纣王说："臣只愿国家安宁，百姓生活安康，并无私心，还请大王谅解。"

这个时候，东海的平灵王又起兵造反。闻仲和黄飞虎商量后，决定还是自己亲自出征。纣王正巴不得闻仲离开朝歌，看了他的奏章，立即同意。

临行前，闻仲嘱托黄飞虎要及时进言规劝，不要让纣王胡作非为。可闻仲刚离开朝歌，纣王就立即下令释放费仲和尤浑。

闻仲

截教碧游宫金灵圣母的徒弟，商朝重臣、太师，法力无边，位极人臣。他一生南征北战，百战不殆，守护着殷商的江山社稷。坐骑是墨麒麟，武器为雌雄鞭。

二十八 讨伐崇侯虎

自从闻太师离开，纣王又恢复了往日的寻欢作乐。有一天纣王高兴，在御花园牡丹亭设宴款待百官。满座觥筹交错，笙歌嘹亮，入夜了仍未散席。妲己和胡喜媚也喝得大醉。

快三更的时候，妲己现出原形来到后花园吃人，引起了一阵怪风，把牡丹亭都吹得直摇晃。纣王和百官正在惊讶，突然听见有人高呼："妖精来了！"

黄飞虎听说有妖精，酒已醒了大半，飞快地冲到后花园，刚好遇上妖精迎面扑来。黄飞虎手里没有武器，就对侍卫说："快把北海的金眼神鸢放出来。"侍卫连忙打开了笼子。

这金眼神鸢专门降伏狐狸，伸出像钢钩一样的爪子把狐狸的脸抓伤了。狐狸惨叫一声，钻进了假山。纣王命令左右挖开假山来寻找，结果发现了很多骷髅，着实吓了一大跳，这才相信御花园有妖精的说法是真的。

妲己被抓伤，心里十分恼怒。天亮后，纣王看到妲己脸上的伤痕，就关切地问："爱妻，你脸上的伤是怎么来的？"妲己撒谎说是被后花园的树枝刮伤的。纣王把御花园有妖精的事告诉妲己，还叫她不要去御花园，却浑然不知妲己就是那个狐妖。妲己心中记恨黄飞虎，就暗自发誓，一定要寻找机会向他报复。

在西岐，姜子牙听说崇侯虎最近勾结费仲、尤浑，在朝歌城又做了很多危害百姓的坏事，决定出兵讨伐。文王听说姜子牙要攻打崇侯虎，犹豫着说："丞相，我和崇侯虎同朝为官，爵位相等，不宜出兵攻打他吧。"

姜子牙说："大王，你为人仁慈，不忍攻打同僚。但崇侯虎这个人为非作歹，十恶不赦，如果不除掉他，早晚会惹出更大的祸患。况且大王受天子白旄、黄钺，有锄奸安民的权力。大王攻打他，是为了天下百姓的利益。"

文王想了想，终于点头答应，又问："谁适合担当主将呢？"

姜子牙说："老臣愿意为大王效犬马之劳。"

文王怕姜子牙滥杀无辜，就说："我和丞相一同前往吧。"

姜子牙说："大王御驾亲征，天下群雄一定群起响应。"

文王点兵十万，以南宫适为先行官，辛甲为副将，率领四贤、八俊，朝着崇侯虎的崇城进发。西岐大军沿途对百姓秋毫不犯，得到百姓的拥护。当军队来到崇城时，崇侯虎还在朝歌没有回来，崇侯虎的儿子崇应彪连忙带兵迎战。

姜子牙派出南宫适打头阵，崇应彪则派出手下飞虎大将黄元济。两个人大战三十回合，黄元济知道自己不是南宫适的对手，就拨转马头逃跑，南宫适在后面紧追不放，把黄元济一刀斩于马下。

第二天，崇应彪点名要文王和姜子牙上前答话。姜子牙看到崇应彪，说道："你们父子作恶多端，罪恶滔天。我家大王为了除暴安良，专门来讨伐你们。"

崇应彪骂道："姜子牙，老匹夫！你不过是个会算命的没用老头，竟然敢在本将军面前信口开河！"

他话音未落，文王骑着马来到阵前，说："崇应彪，本王在此，休要逞凶。"

崇应彪看到文王，就指着他大骂："姬昌，你不思悔改，派兵进犯我们，是不是想要造反！"

文王说："你们父子恶贯满盈，我劝你现在下马投降，不要连累城中无辜的百姓。"

崇应彪大怒，派手下的猛将陈继贞去抓文王。辛甲见了，立即骑马摇斧迎上前来。两个人打了二十回合，崇应彪见陈继贞拿不下辛甲，又派了两员大将助阵，姜子牙也连忙派出人马拦截。经过一番激战，崇应彪手下的将领大败而归。

崇应彪兵败后紧闭四门，与手下的将军在城中研究退兵对策。大家想来想去，不知道该怎么做，最终决定采取防守策略，坚决不出兵。

姜子牙见崇应彪拒绝应战，下令攻城。文王害怕攻城会使无辜的百姓受到连累，就对姜子牙说："丞相，崇侯虎父子作恶，和老百姓没有关系。如果我们全力攻城，恐怕会玉石俱焚，牵连无辜。况且我率兵前来，本是为了解救百姓，怎能反而使他们受到伤害呢？"

姜子牙知道文王以仁义为重，便放弃了攻城。经过考虑，他决定找崇黑虎帮忙。

二十九 文王托孤

南宫适奉命来到曹州请崇黑虎。崇黑虎听说西岐来人,兴高采烈地出来迎接。南宫适向崇黑虎行过礼,拿出了姜子牙的亲笔信。崇黑虎展信来读,一连看了三四遍。他自言自语道:"子牙公说得有道理。我兄长崇侯虎的确作恶多端,天理不容。我宁可亲手捉拿他,也不能放纵他危害江山社稷和天下百姓。或许我大义灭亲,还可以为家族留下一支血脉。"于是答应帮忙。

崇黑虎带上副将高定、沈冈,点了三千飞虎兵,直奔崇城而来。崇应彪听说崇黑虎来到,以为他是来帮助自己,连忙出城迎接。崇黑虎看到崇应彪,故意说:"贤侄,我听说姬昌那个老匹夫来攻城,所以特地赶来援助你们。"崇应彪大喜,把崇黑虎迎进了城。

第二天,崇黑虎带着自己的三千飞虎兵来到周营挑战。南宫适带兵迎战。两个人装模作样地打了起来,崇黑虎趁机对南宫适说:"将军先装作败走撤退,我等到崇侯虎回崇城,把他们父子一块绑起来交给你们。"

南宫适听了,假装打不过崇黑虎,撤回周营。崇黑虎没有追赶,带兵回了城。

崇应彪一直在城上观战,见崇黑虎回营,他走上前来问:"叔叔,你怎么不用你葫芦里的神鹰对付南宫适?"

崇黑虎说:"贤侄,姜子牙在昆仑山修炼过,我用法术一定会被他识破。你不要急,咱们慢慢对付他们。你还是写信告诉你父王,让他快点回来。"

崇侯虎收到儿子的来信,得知姬昌发兵征讨自己,气得暴跳如雷,大骂道:"老匹夫,你当初逃跑,我还向大王替你求情。现在你恩将仇报来欺负我,我绝不会善罢甘休。"于是立即入宫向纣王告状。

纣王听了也很生气,下令道:"姬昌擅自逃跑,已经犯了欺君之罪。现在又欺负当朝大臣,实在可恨。爱卿速回本城,把逆贼抓来见我。"崇侯虎领命而去。

崇黑虎听说崇侯虎马上就要到达崇城,连忙对心腹爱将高定说:"你领二十名刀斧手藏在城门两边,等我拔出宝剑时,你立刻率人抓住崇侯虎父子,把他们带往周营。"然后又对沈冈说:"你先行把崇侯虎的家眷带去周营。"崇黑虎安排妥当,便出城去迎接崇侯虎。

崇侯虎看到弟弟,高兴地说:"贤弟能来帮我,我很高兴。"于是和崇黑虎一块入城。刚进城门,崇黑虎就拔出宝剑。隐藏的刀斧手一拥而上,把崇侯虎父子五花大绑捆了起来。

崇侯虎大喊:"你这个叛徒,为什么背着我帮助外人?"

崇黑虎说:"你作恶多端,残害百姓,监造鹿台,恶贯满盈。我今天要替天行道,把你献给西伯侯。"崇侯虎无话可说,只好低头不语。

崇黑虎押着崇侯虎父子来到周营,文王看到崇黑虎大义灭亲,不禁赞赏有加。姜子牙下令将两个人斩首,并把首级呈给文王。

文王从来没有见过这等情景,被吓得魂不附体。

姜子牙虽然斩杀了崇侯虎父子,却释放了他的家眷,并把崇城交给崇黑虎管理。从此以后,北方也脱离了朝歌的管辖。

文王自从看了崇侯虎的头颅,就变得魂不守舍,心神不安,整天茶饭不思,郁郁寡欢。回到西岐后,文王的病情越来越重,他知道自己大限将至,就把姜子牙叫到身边。

文王说:"我蒙受先王洪恩,才得以坐镇西岐,统领二百镇诸侯。现在东、南两路诸侯已经公开反商,北方的崇黑虎也宣布独立,我作为殷商的大臣,不能学习他们。我死后,丞相一定不要听信其他人的拉拢,反抗朝廷。"

正说着,姬发来看望父亲。文王对姬发说:"孩子,我死后,西岐就交给你管理了。你要记住,即使大王再失德,也不要反叛,让自己背上弑君的罪名。你现在拜丞相为亚父,早晚听从他的教导。"姬发便请姜子牙上座,跪拜着向他行礼。

姜子牙连忙谢恩:"老臣受大王重托,今后就是肝脑涂地、粉身碎骨,也无法报答大王的恩情。"

姬昌长叹一声:"可怜我再也不能报效大王,推演八卦教化百姓了。"说完,文王就咽气了,享年九十七岁。

西周臣民为姬昌举行了隆重的葬礼,四方诸侯纷纷派人前来吊唁。料理完后事,姜子牙率领群臣请姬发继位。于是姬发被尊为武王,拜姜子牙为相父。

纣王听说姬发接替了姬昌的爵位,认为他不过是个年轻人,根本没有放在眼里,继续沉湎于酒色。

激反武成王 三十

转眼到了纣王二十一年，正月初一那天，百官都入宫朝贺纣王，官员们的夫人则到后宫拜见王后。每年这个时候，黄飞虎的夫人贾氏也会入宫来，顺便去看望黄飞虎的妹妹黄贵妃。

这天贾氏来拜新年，妲己得知她是黄飞虎的妻子，便想起了自己被黄飞虎弄伤的往事，于是打算趁机报仇。她假惺惺地与贾氏结为姐妹，暗中却在酝酿着一个恶毒的阴谋。

过了一会儿，宫人传旨："大王驾到。"贾氏见纣王来了，一时间惊慌失措，不知道该怎么办。妲己就让她先藏了起来。

纣王来到，见房中有宴席，好奇地问："王后在和谁饮酒呢？"

妲己说："臣妾陪武成王的夫人贾氏一起喝酒呢。大王，您可曾见过他的夫人？"

纣王说："王后这话说得不对。依照礼法，君不见臣妻。"

妲己说："君王当然不能见大臣的妻子，但贾氏是黄贵妃的嫂子，也就是国戚。既然是亲戚，大王见一面又有何妨？再说贾氏天姿国色，妩媚动人，大王不见会遗憾的。"纣王一时鬼迷心窍，就同意了妲己的话，来到摘星楼等候。

贾氏向妲己告辞，妲己假意说："姐姐，我们一年才能相聚一次，今晚就陪我到摘星楼去观赏美景吧。"贾氏不敢抗命，只好跟着去了。

贾氏来到摘星楼,向下一望,看见虿盆里有无数的蛇蝎和白骨,酒池肉林中又寒风阵阵,顿时吓得魂不附体。正在贾氏惊慌失措的时候,纣王突然现身。贾氏见自己这次无处藏身,只好靠着栏杆站着。

纣王看到贾氏,装作不知道的样子问妲己:"靠着栏杆的是谁呀?"

妲己说:"大王,是武成王的夫人贾氏。"

贾氏没有办法,只好过来行礼。纣王见贾氏果然仪态端庄,容貌非凡,便下令赐座。贾氏急忙推辞,妲己说:"姐姐坐下,没有关系的。"

纣王好奇地问:"王后为什么叫贾氏姐姐呢?"

妲己说:"大王,我们刚刚结拜为姐妹,所以姐姐就是皇姨了。"贾氏这个时候才知道自己中了妲己的奸计。

纣王调戏说:"我敬皇姨一杯酒吧。"贾氏面红耳赤,知道自己今天凶多吉少,就把杯里的酒泼到纣王脸上,大骂:"昏君,我丈夫为你的江山立下了无数功勋,你今天听信妲己的谗言,侮辱大臣的妻子,真是不知廉耻!"

纣王大怒,喊道:"来人,把这贱人拿下!"

贾氏大喝一声:"谁敢拿我。"然后走到栏边,仰天长叹:"可怜我的三个孩子没人照顾了。"说完,纵身一跃,摔下了鹿台。

黄贵妃在自己的宫里等待嫂子前来,可左等右等都不见动静。正在着急的时候,听见宫人禀报:"娘娘,大事不好了,贾夫人和苏王后一起上了摘星楼,后来不知道发生了什么,从摘星楼坠落惨死。"

黄贵妃猜到是妲己从中作乱，大哭着跑上摘星楼，指着纣王大骂："昏君，我哥哥为了你的江山社稷南征北战，赤胆忠心；我父亲镇守界牌关，劳苦功高。我们黄家一门忠烈，你却逼死了我的嫂嫂。"

纣王自知理亏，只好低头不语。黄贵妃又骂妲己："贱人，你淫乱后宫，迷惑大王，就是罪魁祸首。"说完就来打妲己。妲己虽然是妖怪，但在纣王面前不敢发威，只是大叫："大王救命啊！"纣王来劝架，黄贵妃不小心一拳打在纣王脸上。纣王大怒，把黄贵妃从摘星楼上摔了下去。

消息很快传到黄飞虎的府里。黄飞虎的三个儿子都还小，其中黄天禄十四岁，黄天爵十二岁，黄天祥七岁。他们听说母亲和姑姑惨死，放声大哭。黄飞虎也不由得潸然泪下。

黄飞虎手下的四员猛将早就对纣王不满，纷纷说道："大哥，纣王是个无道的昏君，他一定看见嫂子容貌美，妄图侮辱。嫂子是个烈性女子，一定不会甘心受辱，为保名节才坠楼而死。黄娘娘见嫂子惨死，就找纣王理论，却被昏君摔死。我们兄弟为了纣王的江山，不知流了多少血汗，到头来却得到这样的结果。大丈夫怎么能忍受这样的羞辱？从今天开始，我们不再为纣王卖命。"四个人越说越气，提上武器就要出门去。

黄飞虎是个忠臣，看到自己的副将们要造反，急忙讲了一番大道理阻拦。四个人知道不能说反他，决定使用激将法，于是笑着说："大哥，你说得太对了。反正这又不关我们的事，何苦替你烦恼。"说完就大吃大喝起来，还时不时地放声大笑。

黄飞虎被四位副将的笑声和三个儿子的哭声扰得心神不宁，就生气地说："你们四个怎么这么开心？"

黄明说："今天是正月初一，我们四个心中无事，饮酒作乐，与你何干？"

黄飞虎说："我家里刚发生这么大的事，你们还笑？"

周纪回答："不瞒大哥，我们笑的就是你啊！"

黄飞虎问："笑我什么？"

周纪说："大哥现在位极人臣，知道内情的不用说了，不知道的还以为你是依靠大嫂的美貌来取悦纣王，才得到今天的荣华富贵。"

黄飞虎大怒，说："气死我了！"就下令手下人收拾行囊，准备反出朝歌。临行前，黄飞虎问四人："我们去投奔谁？"

黄明说："现在西岐的武王广施仁政，贤人纷纷投靠，天下已有三分之二归附西岐，当然去投奔武王了。"

周纪怕黄飞虎反悔，为了断绝他的退路，就鼓动黄飞虎说："大哥，我们临走前应该先找纣王，为大嫂和黄娘娘报仇。"黄飞虎当时头昏脑涨，没有多想，点头答应了。

纣王听说黄飞虎在宫外向自己挑战，就提着宝刀迎战。还没等黄飞虎动手，黄明和周纪就先催马和纣王交战。黄飞虎知道自己已经没有退路，也骑着五色神牛大战纣王。

纣王虽然骁勇，但黄飞虎也不是等闲之辈，再加上有黄明和周纪做帮手，纣王逐渐体力不支，败下阵来，跑进宫里。

三十一 闻太师追击

黄飞虎刚刚离开朝歌,闻仲就带领大军凯旋。他听说黄飞虎造反,大吃一惊。得知详情后,闻仲知道错在纣王,说:"黄飞虎忠心报国,妻子与妹妹却惨死宫中,实在是令人伤心。希望大王赦免黄飞虎的一切过错,老臣愿意去追赶他回来。"说完急忙下令封锁沿途所有关隘,自己则带领大军向西追赶。

黄飞虎率领家将过了孟津,渡过黄河,来到渑池县。镇守渑池的将领是张奎,会使用道法。黄飞虎知道张奎厉害,就偷偷地绕过渑池,前往临潼关。

行至半路,左边出现一支人马,正是临潼关总兵张凤和他的手下们。这时,又听到身后喊声大作,黄飞虎远远地看见队伍打着闻太师的旗号。不止如此,佳梦关的魔家四将和青龙关的张桂芳分别从右边和前面赶到。黄飞虎一行被团团包围,插翅难飞了。

道德真君这天刚好经过临潼关,被这里的杀气所阻挡,就拨开云雾来看,发现黄飞虎有难。道德真君召来黄巾力士,用混元幡把黄飞虎等人转移到僻静的山里去了。

等到四路人马汇集到一起,都说没有看到黄飞虎。闻仲很纳闷,决定自己暂时驻守在这里,等候黄飞虎经过,其他三路人马则撤兵回关。

道德真君见闻仲没有打道回府，取出自己的葫芦，从里面倒出神砂，向东南方向撒去。这些神砂变成黄飞虎等人的样子，向朝歌的方向逃跑。闻仲听人来报，急忙带领兵马追赶。这时，道德真君才让黄巾力士把黄飞虎等人送回原地。

　　黄飞虎等人如梦方醒，揉了揉眼睛，发现自己又回到了原来的地方，但四路人马全都不见了踪迹。大家虽然感到疑惑，但更多的是庆幸。一行人于是继续西行。

　　临潼关总兵张凤听说黄飞虎来到关前，就带领人马出关拦截。

　　黄飞虎看到张凤，坐在神牛上欠身说道："老叔，小侄是逃难之臣，恕我不能行礼了。"

　　张凤说："黄飞虎，我和你父亲是结拜兄弟，你是大王器重的大臣，又是皇亲国戚，今天为什么造反？听我的忠告，快点下马受降，让我押你回朝歌。大王看在你过去的功劳上，或许能饶你们一家人的性命。"

　　黄飞虎说："老叔，小侄的品行您是了解的。纣王一味沉湎酒色，颠倒黑白，滥杀无辜，小侄的妻子和妹妹也没能逃过他的魔掌。他不念我往日的功劳，行事惨无人道，小侄再也不愿听命于他了。希望老叔开恩，放小侄过关。"

　　张凤大怒："大胆逆贼，还敢狡辩！吃我一刀！"说完一刀砍来。

　　两个人大战三十回合，张凤不是黄飞虎的对手，只好逃回关里，紧闭城门。他命令手下的副将萧银率领三千弓箭手出动，准备射死黄飞虎。

　　萧银曾经是黄飞虎的手下，受到黄飞虎很多帮助，不忍心加害他。于是萧银偷偷地来找黄飞虎，把张凤的阴谋告诉了黄飞虎，并且决定亲自放黄飞虎出关去。黄飞虎听完深受感动。

初更时分，黄飞虎带领众人杀到关下，守关的士兵毫无防备，被打了个措手不及。萧银趁机打开城门，放黄飞虎一行通过。

张凤听说黄飞虎过关，就上马追赶，结果被藏在暗处的萧银一戟刺死。

黄飞虎离开临潼关，走了八十多里，来到潼关。潼关守将陈桐曾是黄飞虎的手下，因为触犯军纪被黄飞虎处罚，所以一直怀恨在心。今天听说黄飞虎要过关，他正好寻机报仇雪恨。

陈桐看到黄飞虎，说："黄将军，我奉闻太师之命，在此等你。你要是识相，就乖乖地下马投降，可以饶你不死。"

黄飞虎说："陈将军，你不必当面侮辱我。不如我们大战一场，凭各自的本事说话。"说完提枪刺了过去，两个人打在一起。

单凭武力，陈桐不是黄飞虎的对手，但陈桐会使用一种叫火龙镖的暗器，出手生烟，百发百中。只见陈桐使出火龙镖，把黄飞虎打下五色神牛。等到黄明和周纪来救时，黄飞虎已经死了。

两个人把黄飞虎的尸体抬回，所有人都痛哭起来。一行人没有了统帅，都不知道怎么办。

道德真君回到洞里，掐指一算，知道黄飞虎已经遭难，急忙让童子把徒弟黄天化找来。

黄天化听到师父叫自己，就兴冲冲地跑来，问道："师父，找弟子有什么吩咐？"

真君说："你父亲今天有难，你快下山去救他。"

黄天化诧异地问："谁是弟子的父亲？"

真君回答："你的父亲就是殷商的武成王黄飞虎。他现在在潼关被火龙镖打死，你此次下山，一是救他，二是父子相认，以后一起扶周反商。"

黄天化问:"那弟子是怎么到这里的?"

真君说:"你三岁那年,我从昆仑山返回,被你头顶的杀气阻拦。我见你相貌清奇,以后必成大器,就把你带回山修炼,到今天已经十三年了。如今你父亲有难,你得下山去救他。"说完,把一个花篮和一把宝剑交给黄天化,又教给他使用法宝的口诀。

道德真君叮嘱黄天化说:"你把你父亲送出潼关就要立刻返回,日后你自然能和你父亲再次团聚。"黄天化领命而去。

黄天化

封神榜上的三山正神炳灵公。阐教清虚道德真君的大徒弟,武成王黄飞虎的长子,姜子牙座下四大先锋之一。手使一对八棱亮银锤,腰挎莫邪宝剑,法宝包括攒心钉、收标花篮等,坐骑为玉麒麟。

三十二 黄天化救父

黄天化借土遁来到潼关，看到一群人围着黄飞虎痛哭。他骑着玉麒麟来到近前，对黄飞虎的弟弟黄飞彪说："我来自青峰山紫阳洞，是专程前来救黄将军的。"黄飞彪发现他长相酷似兄长，二话没说答应了。

黄天化见黄飞虎躺在毡毯上，面色苍白如纸，心里顿时泛起一阵酸楚。他从花篮里拿出仙药，用水化开，倒入黄飞虎的口里。

一个时辰后，黄飞虎大叫一声："疼死我了！"他睁开眼睛，看到面前站着一个道童，恍惚中说道："这个道童是谁？难道我已经死了吗？"

黄飞彪在一旁笑着说："兄长，你没死，是这位道童救了你。"

黄飞虎听了，赶忙起身拜谢："多谢道长救命之恩！"

黄天化"扑通"一声跪在地上，哭着说："父亲，我不是别人，是你十三年前丢失的儿子黄天化啊！"大家一听，仔细打量了一番，发现眼前这位道童眉宇间果然和黄飞虎极为神似。

黄飞虎高兴地问："原来是我的天化孩儿救了我！孩子，你在哪座名山修道？"

黄天化说："孩儿在青峰山紫阳洞拜清虚道德真君为师。他算定父亲有难，因此让我下山相救。"

黄天化和兄弟们一一相认，发现不见母亲，就询问原因。黄飞虎把贾氏和黄贵妃遇害的事情说给黄天化听。黄天化听完，大喊一声，悲伤得昏死过去。

等到黄天化醒过来，他咬牙切齿地哭着说："父亲，我们这就去朝歌找纣王报仇！"

正在这时，陈桐在外面挑战，黄飞虎立即披挂上阵，出去迎战。

陈桐看到黄飞虎安然无恙，心里充满疑惑，可又不敢问，只好大叫："逆贼快来受死！"黄飞虎跨上五色神牛来战。

陈桐打了十五回合后，又掏出火龙镖打算偷袭。可黄天化早已经准备好。陈桐的火龙镖刚飞出，就被黄天化的花篮收了去。

陈桐看到一旁助阵的黄天化，就提着方天画戟向他刺过去。黄天化拔出宝剑，指了一下陈桐。只见剑头发出一道星光，陈桐的头颅就滚落下来。原来这把宝剑是道德真君的镇山之宝，名叫莫邪，只要星光一闪，对方的人头就会落地。

陈桐死后，守关的将士落荒而逃，黄飞虎一行过了潼关。

黄天化恋恋不舍地说："父亲，孩儿告辞了。"

黄飞虎急忙问："孩子，你要去哪里？为什么不和我们一起去西岐投奔武王？"

黄天化说："孩儿奉师命下山，答应帮助父亲过了潼关就要立刻回山。"

黄飞虎又问："那我们什么时候才能再次相会？"

黄天化说："等到武王伐纣时，孩儿就会下山。"说完，父子二人洒泪而别。

过了潼关，就到了穿云关。穿云关的守将叫陈梧，是陈桐的亲哥哥。他听说弟弟被杀，气得暴跳如雷，打算和黄飞虎拼命。

黄天化救父

可他手下一个叫贺申的人对他说:"将军,黄飞虎勇冠三军,黄明、周纪等人又都是猛将,如果力拼,咱们恐怕不是他们的对手。以末将之见,不如智取。"说完,把自己的诡计说给陈梧听。陈梧听完大喜。

黄飞虎一到穿云关,陈梧立刻打开城门迎接。黄飞虎不知是计,就说:"黄飞虎是朝廷钦犯,今天受到将军以宾客之礼接待,真是感激不尽。只是我误伤了你的弟弟,实在过意不去。"

陈梧说:"我向来钦佩将军的忠勇,是纣王无道,将军不得已才背弃殷商。我那弟弟不知好歹,为难将军,实在是咎由自取。"说完,命人准备了一桌丰盛的宴席,并安排一行人留宿。

黄飞虎一行由于连日赶路,早已很疲惫,吃过饭后他们躺在床上很快就睡着了,不一会儿鼾声如雷。三更时分,只有黄飞虎还醒着,怎么也睡不着。突然刮起一阵风,他看到一只手伸出来掐灭烛光,然后听见夫人贾氏对自己说:"将军,妾身不是妖魔,你快点带人离开这里,否则性命不保!"黄飞虎猛地睁开眼睛,看到烛光又重新亮了起来。

黄飞虎急忙叫醒所有的人,把贾氏托梦的事说给大家。黄飞彪说:"宁可信其有,不可信其无。"黄明走过去开门,发现房门已经被人从外面上锁。大家顿时慌了。龙环、吴谦拿起武器,劈开房门,看到外面堆满了柴薪。黄飞虎知道陈梧打算烧死自己,连忙召唤大家向关外跑去。

陈梧听说黄飞虎等人逃跑,急忙率兵追赶。黄飞虎看到陈梧,大骂:"陈梧,我以为你是个君子,原来却是个阴险的小人。"

陈梧回骂:"反贼,你反叛朝廷,杀我弟弟,我岂能饶了你!"黄飞虎大怒,挺枪刺向陈梧。不到十个回合,一枪把陈梧刺死。

一群人趁势冲过了穿云关。

过了穿云关,下一关就是界牌关。黄明哈哈大笑说:"大哥,这次咱们不用厮杀了。界牌关是太老爷镇守,毕竟是自家人,不会为难咱们。"

这界牌关的守将正是黄飞虎的父亲黄滚。他听说儿子反出朝歌,一路上又杀了三个守关的总兵,心里不是滋味。听说黄飞虎来到关下,就传令守军出城摆开阵势。

大战氾水关 三十三

黄明看到黄滚列开阵势，就对黄飞虎说："大哥，看太老爷布开人马，还准备了囚车，恐怕不是好兆头啊。"

龙环说："我们先看看太老爷怎么说，再商量对策。"

黄飞虎来到黄滚近前，行礼说："父亲，不孝儿子向您行礼了。"

黄滚说："你是什么人？"

黄飞虎说："父亲，您这是什么意思？"

黄滚骂道："我们黄家七代人都深受皇恩，从来没有出过你这样的逆贼。你竟然敢背叛朝廷，毁了我们黄家的声誉，你让我有什么面目到地下去见列祖列宗！你这个无耻之徒，还有脸来见我！"黄飞虎被黄滚骂得哑口无言，低头不语。

黄滚看儿子不回话，又骂道："畜生，你想不想做忠臣孝子？"

黄飞虎问："父亲这么说是什么意思？"

黄滚："你如果还是忠臣孝子，立刻投降，我把你押解回朝歌；如果不是，就把我刺死。"黄飞虎听了父亲的斥责，内心十分不安，就打算缴械投降。

这时黄明在后面大喊："大哥千万不能投降！国君不以身作则，败坏朝纲，做臣子的就可以另投明主。"黄飞虎听完又犹豫起来。

黄滚大怒，认为正是受黄明等人的挑拨，黄飞虎才会反商，于是举刀砍向黄明。周纪三人喊了一声："老将军，得罪了！"便一拥而上，把黄滚围在当中。黄飞虎一时左右为难，不知该如何是好。黄明趁机对黄飞虎说："大哥，你们还不趁机出关。"黄飞虎这才急忙带领儿子和家将过了界牌关。

黄滚见自己没有拦住儿子，就要拔剑自刎。黄明急中生智，说："太老爷，您有所不知，是您儿子坚决反商，我们几个人根本拦不住他。您现在就去追赶他回来，只说要收拾好物品和他一起投奔西岐，然后安排下一桌家宴，趁饮酒的时候捉住他。"黄滚信以为真，急忙骑马追赶上黄飞虎，按照黄明所说，把他叫回界牌关。

黄滚在关内安排酒宴招待儿孙的时候，黄明让周纪偷偷地把黄滚的家当全部收拾好，又让龙环和吴谦放火烧了界牌关的粮草。黄滚看到火起，才知道自己中了计。黄飞虎趁机劝父亲一起降周。

黄滚知道事到如今，自己已经没有退路，只好朝着朝歌的方向拜了八拜，把帅印挂在殿中，带领三千士兵，一起跟黄飞虎离开界牌关。

一行人来到了通往西岐路上的最后一关——汜水关。汜水关的守将叫韩荣，他手下有一个叫余化的副将。余化是蓬莱岛道人余元的弟子，会法术，被称为"七首将军"。

韩荣听说黄飞虎一行来到，就命令余化出关阻拦。黄飞虎见余化骑着火眼金睛兽，知道对方是个会法术的人，就骑上五色神牛亲自迎战。

两人大战了三十回合，余化逐渐体力不支，就从战袍底下取出法宝戮魂幡。余化举起法宝，只见无数道黑气冒了出来，把黄飞虎团团围住，然后黄飞虎重重地摔在地上，不省人事。余化一声令下，让士兵把黄飞虎捉回关里。

第二天，余化又出关挑战，黄明和周纪披挂迎敌。三十回合后，余化故技重演，用戮魂幡捉住二人。之后又相继捉住黄飞彪、黄飞豹。

第三天，余化所向披靡，再次用戮魂幡捉住龙环和吴谦。黄飞虎的二儿子黄天禄虽然只有十四岁，但武艺出众，就出阵迎战余化。余化看对方是个孩子，根本没有放在眼里，结果却被黄天禄一枪刺中了左腿。一怒之下，他用法宝捉回黄天禄。

黄滚见儿子和众将领都被捉住，内心十分凄凉。他让手下的士兵收拾好所有的金银珠宝送给韩荣，自己则脱去盔甲和宽袍，带着两个孙子来见韩荣。

黄滚看到韩荣，恳求说："韩将军，我们一家犯了国法，应当伏法。但我求你高抬贵手，放了我的孙子们。"

韩荣说："老将军，现在所有人都知道我抓住了你们，如果我偷偷地放走您的孙子，就会有人报告给大王，到时候大王会认为我是你们的同谋。"黄滚不甘心，求了韩荣三四次，可韩荣坚决不肯放人。

黄滚知道韩荣不会帮助自己，就自己请求关入监牢。韩荣于是命人把黄滚三人和黄飞虎关到一起。黄飞虎看到父亲和儿子们都被抓住，心里万分难过。

韩荣抓了黄家父子，又得到了黄家所有的财宝，就摆下宴席庆祝，然后准备找个好日子，让余化押送黄飞虎等人去朝歌领赏。

余化

封神榜上的孤辰星。汜水关总兵韩荣麾下的一员大将，人称"七首将军"，蓬莱岛一气仙余元的弟子，截教第四代门人。坐骑为火眼金睛兽，拥有法宝戮魂幡、化血神刀。

三十四 黄飞虎降周

太乙真人在洞中闲坐，突然觉得心神不宁。他掐指一算，知道黄飞虎父子有难，于是让金霞童子把哪吒找来。

真人对哪吒说："黄飞虎父子在汜水关被韩荣抓住，已经在被押送回朝歌的路上，现在到了穿云关，你快去救他们。记住，把他们送出汜水关后，你就立刻回来。"哪吒本来就闲不住，在洞里待得直发闷，听说可以下山救人，就欣然领命，驾上风火轮直奔穿云关。

余化看到有人拦路，就上前问："你是什么人，敢在这里拦本将军的路？"

哪吒答道："就算天王老子从这里过，也要留下买路钱。"

余化大笑说："什么买路钱？本将军现在正押解朝廷命犯，你知趣的话，就快点走开，还可以饶你一条性命！"

哪吒故意说："原来你是有功之臣啊！那好吧，送我十块金砖就放你过去。"余化大怒，催开火眼金睛兽，提着方天画戟刺向哪吒。

余化当然不是哪吒的对手，几个回合下来招架不住，就取出了戮魂幡。哪吒看到戮魂幡，笑着说："你拿出戮魂幡来吓唬谁。"说着，把手一摇，黑气全部被收走了。

余化见哪吒破了自己的法术，内心顿时慌了，只好硬着头皮迎战。哪吒不想跟他纠缠，就取出金砖砸伤余化。余化受了重伤，拖着画戟逃走了。哪吒来到囚车前，一枪挑开上面的铁链，释放了黄飞虎等人。

黄飞虎见众人得救，连忙上前施礼，向哪吒表示谢意。哪吒说了自己的来历，然后对黄飞虎说："黄将军带人在后面慢慢赶路，我先行一步把汜水关拿下，好方便你们出关。"说完，就踏上风火轮前往汜水关。

韩荣正在府里饮酒庆贺，忽然听说余化返回，知道出了事。余化把自己的遭遇说给韩荣听，韩荣十分懊恼。就在他不知所措时，听到城下有人挑战。韩荣带人来看，余化在一旁说，就是这个人打伤自己的。

韩荣问："你到底是什么人？"

哪吒报上姓名，劝韩荣赶快开门投降。韩荣大怒，亲自带兵出关迎战。哪吒与众人展开战斗，先是用金砖砸伤韩荣，又用枪刺伤了余化，轻而易举地拿下了汜水关。黄飞虎一行轻松地过了汜水关，哪吒一直把他们送到金鸡岭，才辞别众人回了乾元山。

黄飞虎一行过了首阳山、桃花岭，越过燕山，终于到了西岐。黄飞虎让大家在这里安营扎寨，自己先行前往西岐城见姜子牙，打探好情况再做安排。

黄飞虎穿着普通百姓的装束，骑马跑向西岐城。一路上，他见西岐的山川秀美，社会安定，百姓们互相礼让，民风淳厚，和朝歌城截然不同，心里不禁暗暗称赞。进城后，黄飞虎向人问路，来到了小金桥头的相府。

姜子牙正在丞相府里办公，听说黄飞虎来见自己，十分惊讶，立刻放下手里的事情，亲自到门外迎接。黄飞虎见到姜子牙，上前说："末将黄飞虎是逃难之人，如今离开殷商，带着家人和部下前来投奔。请收下我的投名状。"

姜子牙听了大喜过望，连忙将黄飞虎请进府中。两人曾经在朝歌同朝为官，彼此也有些了解。姜子牙问："大王为什么会抛弃殷商呢？发生了什么事吗？"黄飞虎便把自己的妻子和妹妹遇害，带领家人过五关的事情一一说了一遍。姜子牙听了黄飞虎遭遇，唏嘘不已。他让黄飞虎先在府里等待，自己急忙入宫面见武王。

武王正在殿里闲坐，看到姜子牙突然来到，就好奇地问："相父，您这么急匆匆地来见我是有什么事吗？"

姜子牙高兴地说："恭喜大王，殷商的武成王黄飞虎弃纣来投奔大王，这是西岐将要兴旺的预兆啊！"

武王不敢相信，问："黄飞虎可是那个朝歌的国戚吗？"

姜子牙回答："正是他。"

武王急忙让人把黄飞虎请入宫中。黄飞虎看到武王，倒身下拜，说："殷商逃难之臣黄飞虎拜见大王。"

武王连忙扶起黄飞虎，高兴地说："久闻将军德行天下，义重四方，是个真正的正人君子。今天相会，实在是三生有幸啊！"

黄飞虎忙说："承蒙大王错爱，末将愿意为大王效犬马之劳。"

武王问姜子牙："黄将军在朝歌担任什么官职啊？"

姜子牙说："官拜镇国武成王。"

武王笑着说："黄将军到了西岐，只改一个字就可以了，叫开国武成王，怎么样啊？"黄飞虎谢恩。

武王设宴款待黄飞虎，君臣相谈甚欢，说起纣王的暴政，两人连连叹息。第二天上朝，武王命人挑选吉日建造武成王府，并派人把黄飞虎的家人和部下接来西岐城。

西岐自从有了黄飞虎，士兵的训练变得更加有素，军队战斗力迅速加强，已经初步具备了抵抗朝歌的实力。